連韓國人都按讚的
生活韓語會話
생활 한국어 회화

韓文字是由基本母音、基本子音、複合母音、氣音和硬音所構成。

其組合方式有以下幾種：

1.子音加母音，例如：저(我)
2.子音加母音加子音，例如：밤（夜晚）
3.子音加複合母音，例如：위（上）
4.子音加複合母音加子音，例如：관（官）
5.一個子音加母音加兩個子音，如：값（價錢）

簡易拼音使用方式：

1. 為了讓讀者更容易學習發音，本書特別使用「簡易拼音」來取代一般的羅馬拼音。
規則如下，
例如：
그러면 우리 집에서 저녁을 먹자.
geu.reo.myeon/u.ri/ji.be.seo/jeo.nyeo.geul/meok.jja
----------普遍拼音
geu.ro*.myo*n/u.ri/ji.be.so*/jo*.nyo*.geul/mo*k.jja
------------簡易拼音
那麼，我們在家裡吃晚餐吧！

文字之間的空格以「/」做區隔。
不同的句子之間以「//」做區隔。

基本母音：

	韓國拼音	簡易拼音	注音符號
ㅏ	a	a	ㄚ
ㅑ	ya	ya	ㄧㄚ
ㅓ	eo	o*	ㄛ
ㅕ	yeo	yo*	ㄧㄛ
ㅗ	o	o	ㄡ
ㅛ	yo	yo	ㄧㄡ
ㅜ	u	u	ㄨ
ㅠ	yu	yu	ㄧㄨ
ㅡ	eu	eu	(ㄜ)
ㅣ	i	i	ㄧ

特別提示：

1. 韓語母音「ㅡ」的發音和「ㄜ」發音有差異，但嘴型要拉開，牙齒快要咬住的狀態，才發得準。
2. 韓語母音「ㅓ」的嘴型比「ㅗ」還要大，整個嘴巴要張開成「大O」的形狀，
「ㅗ」的嘴型則較小，整個嘴巴縮小到只有「小o」的嘴型，類似注音「ㄡ」。
3. 韓語母音「ㅕ」的嘴型比「ㅛ」還要大，整個嘴巴要張開成「大O」的形狀，
類似注音「ㄧㄛ」，「ㅛ」的嘴型則較小，整個嘴巴縮小到只有「小o」的嘴型，類似注音「ㄧㄡ」。

Track 003

基本子音：

	韓國拼音	簡易拼音	注音符號
ㄱ	g,k	k	ㄎ
ㄴ	n	n	ㄋ
ㄷ	d,t	d,t	ㄊ
ㄹ	r,l	l	ㄌ
ㅁ	m	m	ㄇ
ㅂ	b,p	p	ㄆ
ㅅ	s	s	ㄙ,(ㄒ)
ㅇ	ng	ng	不發音
ㅈ	j	j	ㄗ
ㅊ	ch	ch	ㄘ

特別提示：

1. 韓語子音「ㅅ」有時讀作「ㄙ」的音，有時則讀作「ㄒ」的音。「ㄒ」音是跟母音「ㅣ」搭在一塊時，才會出現。
2. 韓語子音「ㅇ」放在前面或上面不發音；放在下面則讀作「ng」的音，像是用鼻音發「嗯」的音。
3. 韓語子音「ㅈ」的發音和注音「ㄗ」類似，但是發音的時候更輕，氣更弱一些。

氣音：

	韓國拼音	簡易拼音	注音符號
ㅋ	k	k	ㄎ
ㅌ	t	t	ㄊ
ㅍ	p	p	ㄆ
ㅎ	h	h	ㄏ

特別提示:

1. 韓語子音「ㅋ」比「ㄱ」的較重，有用到喉頭的音，音調類似國語的四聲。
   ㅋ＝ㄱ＋ㅎ
2. 韓語子音「ㅌ」比「ㄷ」的較重，有用到喉頭的音，音調類似國語的四聲。
   ㅌ＝ㄷ＋ㅎ
3. 韓語子音「ㅍ」比「ㅂ」的較重，有用到喉頭的音，音調類似國語的四聲。
   ㅍ＝ㅂ＋ㅎ

Track 005

複合母音：

	韓國拼音	簡易拼音	注音符號
ㅐ	ae	e*	ㄝ
ㅒ	yae	ye*	ㄧㄝ
ㅔ	e	e	ㄟ
ㅖ	ye	ye	ㄧㄟ
ㅘ	wa	wa	ㄨㄚ
ㅙ	wae	we*	ㄨㄝ
ㅚ	oe	we	ㄨㄟ
ㅞ	we	we	ㄨㄟ
ㅝ	wo	wo	ㄨㄛ
ㅟ	wi	wi	ㄨㄧ
ㅢ	ui	ui	ㄜㄧ

特別提示：

1. 韓語母音「ㅐ」比「ㅔ」的嘴型大，舌頭的位置比較下面，發音類似「ae」；「ㅔ」的嘴型較小，舌頭的位置在中間，發音類似「e」。不過一般韓國人讀這兩個發音都很像。
2 .韓語母音「ㅒ」比「ㅖ」的嘴型大，舌頭的位置比較下面，發音類似「yae」；「ㅖ」的嘴型較小，舌頭的位置在中間，發音類似「ye」。不過很多韓國人讀這兩個發音都很像。
3. 韓語母音「ㅚ」和「ㅞ」比「ㅙ」的嘴型小些，「ㅙ」的嘴型是圓的；「ㅚ」、「ㅞ」則是一樣的發音。不過很多韓國人讀這三個發音都很像，都是發類似「we」的音。

硬音：

	韓國拼音	簡易拼音	注音符號
ㄲ	kk	g	ㄍ
ㄸ	tt	d	ㄉ
ㅃ	pp	b	ㄅ
ㅆ	ss	ss	ㄙ
ㅉ	jj	jj	ㄗ

特別提示：

1. 韓語子音「ㅆ」比「ㅅ」用喉嚨發重音，音調類似國語的四聲。
2. 韓語子音「ㅉ」比「ㅈ」用喉嚨發重音，音調類似國語的四聲。

*表示嘴型比較大

目 錄

생활 한국어 회화

連韓國人都按讚的

生活韓語會話

굿 모닝!

早安！

早上起床

情境會話一

A：빨리 일어나. 출근 안 해?
bal.li/i.ro*.na//chul.geun/an/he*

B：알았어. 일어날게.
a.ra.sso*//i.ro*.nal.ge

中譯一

A：快點起床，你不上班嗎？
B：知道了，要起床了。

重點語法

- 안　不

放在動詞或形容詞前方，用來否定動作或狀態。

밥을 안 먹어요?
你不吃飯嗎？
술을 안 마셔요?
你不喝酒嗎？

情境會話二

A：엄마, 어제 잘 주무셨어요?
o*m.ma//o*.je/jal/jju.mu.syo*.sso*.yo

B：잘 잤어. 너는 어때? 감기 좀 나았어?
jal/jja.sso*//no*.neun/o*.de*//gam.gi/jom/na.a.sso*

中譯二

A：媽，你昨天睡得好嗎?
B：睡得很好，你怎麼樣？感冒有好一點嗎？

重點語法

- 주무시다　睡覺

動詞，為**자다**的敬語。

얼른 주무십시오.
請您快點睡吧！
잠은 어디서 주무세요?
您要在哪裡睡呢？

應用例句

민지야, 잘 잤니?

min.ji.ya//jal/jjan.ni

旼志啊，你睡得好嗎？

아빠, 안녕히 주무셨어요?

a.ba//an.nyo*ng.hi/ju.mu.syo*.sso*.yo

爸，早安！

어젯 밤 좋은 꿈 꿨니?

o*.jet/bam/jo.eun/gum/gwon.ni

你昨天晚上有做好夢嗎？

"안녕히 주무셨어요?"라고 인사해야지.

an.nyo*ng.hi/ju.mu.syo*.sso*.yo//ra.go/in.sa.he*.ya.ji

你應該說「早安！」打聲招呼才對。

오늘은 늦게 일어났네요.

o.neu.reun/neut.ge/i.ro*.nan.ne.yo

你今天很晚起床呢！

오늘 일찍 일어났네요.

o.neul/il.jjik/i.ro*.nan.ne.yo

你今天起得真早。

核心單字

일어나다 [動] 起床、起來

보통 몇 시에 일어나요?

bo.tong/myo*t/si.e/i.ro*.na.yo
你通常幾點起床呢？

내일 일찍 일어나려고 해요.

ne*.il/il.jjik/i.ro*.na.ryo*.go/he*.yo
我打算明天早點起床。

깨다 [動] 醒、清醒

어젯밤에 모기 때문에 깼어요.

o*.jet.ba.me/mo.gi/de*.mu.ne/ge*.sso*.yo
昨天晚上被蚊子吵醒了。

알람시계 [名] 鬧鐘

오늘 아침에 알람 시계가 7시에 울렸어요.

o.neul/a.chi.me/al.lam/si.gye.ga/il.gop/si.e/ul.lyo*.sso*.yo
今天早上鬧鐘七點響了。

다크서클 [名] 黑眼圈、熊貓眼

피로 때문에 다크서클이 생겼어요.

pi.ro/de*.mu.ne/da.keu.so*.keu.ri/se*ng.gyo*.sso*.yo
因為疲勞，出現了黑眼圈。

吃早餐

情境會話一

A：준기야, 우유 먹을래? 밥 먹을래?
jun.gi.ya//u.yu/mo*.geul.le*//bap/mo*.geul.le*

B：시간이 없으니까 우유 마실래요.
si.ga.ni/o*p.sseu.ni.ga/u.yu/ma.sil.le*.yo

中譯一

A：俊基啊，你要喝牛奶還是吃飯？
B：快沒時間了，我喝牛奶。

重點語法

- (으)래요? 要不要…？
用於詢問對方的意見或意圖，大多使用在熟識的朋友之間。

너도 올래?
你也要來嗎？
차 마실래요?
你要喝茶嗎？

情境會話二

A：오늘도 토스트예요? 나 아침에 밥 먹고 싶어요.
o.neul.do/to.seu.teu.ye.yo//na/a.chi.me/bap/mo*k.go/si.po*.yo

B：오늘 밥 할 시간 없었다. 빨리 먹고 학교 가.
o.neul/bap/hal/ssi.gan/o*p.sso*t.da//bal.li/mo*k.go/hak.gyo/ga

中譯二

A：今天又是吐司嗎？我早上想吃飯。
B：今天我沒時間煮飯，快點吃一吃去上學。

重點語法

-고 싶다 想要…
接在動詞語幹後方，表示談話者的希望、願望。

한국에 가고 싶어요.
我想去韓國。
새옷을 사고 싶어요.
我想買新衣服。

應用例句

잠깐만 기다려요. 제가 얼른 아침을 준비할게요.

jam.gan.man/gi.da.ryo*.yo//je.ga/o*l.leun/a.chi.meul/jjun.bi.hal.ge.yo

等一下，我馬上去準備早餐。

배고프니?

be*.go.peu.ni

肚子餓了嗎？

저랑 같이 아침 먹으러 갈까요?

jo*.rang/ga.chi/a.chim/mo*.geu.ro*/gal.ga.yo

要不要跟我一起去吃早餐？

일어나! 아침 식사 준비됐어.

i.ro*.na//a.chim/sik.ssa/jun.bi.dwe*.sso*

快起床，早餐準備好了。

엄마, 오늘 아침은 뭐예요?

o*m.ma//o.neul/a.chi.meun/mwo.ye.yo

媽，今天的早餐是什麼？

어머님, 아침은 드셨어요?

o*.mo*.nim//a.chi.meun/deu.syo*.sso*.yo

媽，您吃早餐了嗎？

核心單字

아침 [名] 早上、早餐

아침에 뭘 했어요?

a.chi.me/mwol/he*.sso*.yo
你早上在做什麼？

집에서 가족들이랑 아침을 먹었어요.

ji.be.so*/ga.jok.deu.ri.rang/a.chi.meul/mo*.go*.sso*.yo
在家和家人們一起吃了早餐。

토스트 [名] 烤土司

회사 근처에 맛있게 하는 토스트집이 있어요.

hwe.sa/geun.cho*.e/ma.sit.ge/ha.neun/to.seu.teu.ji.bi/i.sso*.yo
公司附近有不錯吃的烤土司店。

우유 [名] 牛奶

나는 바나나 우유가 제일 좋아요.

na.neun/ba.na.na/u.yu.ga/je.il/jo.a.yo
我最喜歡喝香蕉牛奶。

김밥 [名] 紫菜飯捲

우리가 김밥을 직접 만들어 먹었어요.

u.ri.ga/gim.ba.beul/jjik.jjo*p/man.deu.ro*/mo*.go*.sso*.yo
我們自己做紫菜飯捲來吃。

洗臉、刷牙

情境會話一

A：엄마, 내 칫솔이 변기에 빠졌어. 어떡해?
o*m.ma//ne*/chit.sso.ri/byo*n.gi.e/ba.jo*.sso*//o*.do*.ke*

B：새 칫솔로 바꿔 줄게. 빨리 교복 갈아입어.
se*/chit.ssol.lo/ba.gwo/jul.ge//bal.li/gyo.bok/ga.ra.i.bo*

中譯一

A：媽，我的牙刷掉到馬桶了，怎麼辦？
B：我幫你換新的牙刷，你趕快去換校服。

情境會話二

A：여기 있던 비누 어디 갔어?
yo*.gi/it.do*n/bi.nu/o*.di/ga.sso*

B：엄마가 가져 가신 것 같아.
o*m.ma.ga/ga.jo*/ga.sin/go*t/ga.ta

中譯二

A：在這裡的肥皂跑去哪了？
B：好像媽媽拿走了。

核心單字

세수하다 [動] 盥洗、洗臉

아침에 너무 서둘러서 세수도 안 했어요.

a.chi.me/no*.mu/so*.dul.lo*.so*/se.su.do/an/he*.sso*.yo

早上太趕了，連臉都沒洗。

양치질하다 [動] 漱口、刷牙

양치질할 때, 물로 몇 번 헹궈야 할까요?

yang.chi.jil.hal/de*//mul.lo/myo*t/bo*n/heng.gwo.ya/hal.ga.yo

刷牙的時候，要用水漱口幾次？

이를 닦다 [詞組] 刷牙

동생은 이를 닦으러 화장실에 갔어요.

dong.se*ng.eun/i.reul/da.geu.ro*/hwa.jang.si.re/ga.sso*.yo

弟弟去廁所刷牙了。

얼굴을 씻다 [詞組] 洗臉

얼굴을 자주 씻으면 여드름 치료에 도움이 되나요?

o*l.gu.reul/jja.ju/ssi.seu.myo*n/yo*.deu.reum/chi.ryo.e/do.u.mi/dwe.na.yo

常洗臉對治療青春痘有幫助嗎？

早上運動

情境會話一

A：준수 씨, 안녕하세요. 어디 가요?
jun.su/ssi//an.nyo*ng.ha.se.yo//o*.di/ga.yo

B：조깅하러 공원에 가는 중이에요.
jo.ging.ha.ro*/gong.wo.ne/ga.neun/jung.i.e.yo

中譯一

A：俊秀，你好。你要去哪？
B：我正要去公園慢跑的路上。

情境會話二

A：일주일에 운동을 몇 번 하나요?
il.ju.i.re/un.dong.eul/myo*t/bo*n/ha.na.yo

B：안 바쁘면 보통 일주일에 두 번씩 운동해요.
an/ba.beu.myo*n/bo.tong/il.ju.i.re/du/bo*n.ssik/un.dong.he*.yo

中譯二

A：你一週會運動幾次呢？
B：不忙的話，通常一週會運動兩次。

核心單字

운동하다 [動] 運動

운동하면 건강해 지나요?

un.dong.ha.myo*n/go*n.gang.he*/ji.na.yo
運動會變健康嗎？

내일 아침에 같이 운동하러 갈까요?

ne*.il/a.chi.me/ga.chi/un.dong.ha.ro*/gal.ga.yo
明天早上要不要一起去運動？

땀이 나다 [詞組] 流汗

나는 땀이 별로 나지 않는 체질이에요.

na.neun/da.mi/byo*l.lo/na.ji/an.neun/che.ji.ri.e.yo
我是不太會流汗的體質。

다이어트하다 [動] 減肥

다이어트 하려면 운동부터 시작해라.

da.i.o*.teu/ha.ryo*.myo*n/un.dong.bu.to*/si.ja.ke*.ra
想減肥的話，先從運動開始吧！

농구를 하다 [詞組] 打籃球

농구 하러 가려고 하는데 비가 왔어요.

nong.gu/ha.ro*/ga.ryo*.go/ha.neun.de/bi.ga/wa.sso*.yo
我想去打籃球，可是下雨了。

化妝

情境會話一

A : 언니, 뭐 해?
o*n.ni//mwo/he*

B : 지금 화장하고 있어. 왜?
ji.geum/hwa.jang.ha.go/i.sso*//we*

A : 나갈 거야? 나랑 같이 밥 안 먹어?
na.gal/go*.ya//na.rang/ga.chi/bap/an/mo*.go*

B : 응, 데이트 하러 갈 거야.
eung//de.i.teu/ha.ro*/gal.go*.ya

中譯一

A：姊，你在做什麼？
B：我在化妝，幹嘛？
A：你要出門嗎？不跟我一起吃飯啊？
B：恩，我要去約會。

情境會話二

A : 너 오늘 화장 안 했어?
no*/o.neul/hwa.jang/an/he*.sso*

B : 응, 너무 늦게 일어나서 화장할 시간 없었어.
eung//no*.mu/neut.ge/i.ro*.na.so*/hwa.jang.hal/ssi.gan/o*p.sso*.sso*

A : 민정이는 화장 안 해도 예뻐.
min.jo*ng.i.neun/hwa.jang/an/he*.do/ye.bo*

中譯二

A：你今天沒化妝？
B：恩，太晚起床沒時間化妝。
A：敏靜你不化妝也很漂亮。

重點語法

- (으)러 가다　去…做某事
接在動詞語幹後方，表示移動的目的。

선물을 사러 백화점에 가요.
去百貨公司買禮物。
점심을 먹으러 식당에 갔어요.
去餐館吃了午餐。

情境會話三

A : 이 마스카라를 좀 발라 봐도 돼요?
i/ma.seu.ka.ra.reul/jjom/bal.la/bwa.do/dwe*.yo

B : 네, 발라 보세요.
ne//bal.la/bo.se.yo

中譯三

A：我可以試擦這個睫毛膏嗎？
B：可以，請試擦。

重點語法

- 아/어 보다　試著…
接在動詞語幹後方，表示試著做看看某一行為。

떡볶이를 먹어 보세요.
請嚐看看辣炒年糕吧。
회사에 가 보세요.
去公司看看吧。
구두를 신어 보세요.
試穿皮鞋看看。

核心單字

화장하다 [動] 化妝

나는 화장 안 하는 여자예요.

na.neun/hwa.jang/an/ha.neun/yo*.ja.ye.yo
我是不化妝的女生。

화장을 고치다 [詞組] 補妝

그만 울어요. 화장 좀 고쳐 봐요.

geu.man/u.ro*.yo//hwa.jang/jom/go.cho*/bwa.yo
別哭了，補一下妝吧。

화장을 지우다 [詞組] 卸妝

화장을 깨끗이 지우지 않으면 피부에 안 좋아요.

hwa.jang.eul/ge*.geu.si/ji.u.ji/a.neu.myo*n/pi.bu.e/an/jo.a.yo
如果不把妝卸乾淨，對皮膚不好。

화장품 [名] 化妝品

공항 면세점에서 화장품을 많이 샀어요.

gong.hang/myo*n.se.jo*.me.so*/hwa.jang.pu.meul/ma.ni/sa.sso*.yo
在機場免稅店買了很多化妝品。

피부 [名] 皮膚

피부가 고운 여자가 부러워요.

pi.bu.ga/go.un/yo*.ja.ga/bu.ro*.wo.yo
我羨慕皮膚好的女生。

準備出門

情境會話一

A：엄마, 아침 잘 먹었어요. 나갈게요.
o*m.ma//a.chim/jal/mo*.go*.sso*.yo//na.gal.ge.yo

B：그래. 차 조심하고 잘 다녀와.
geu.re*//cha/jo.sim.ha.go/jal/da.nyo*.wa

中譯一

A：媽，我早餐吃飽了，我出門囉！
B：好，路上小心車子，慢走。

重點語法

- 었　過去式

當動詞、形容詞語幹母音不是「ㅏ」或「ㅗ」時，過去式接「었」。

음악을 들었어요.
聽了音樂。
한국요리가 맛있었어요.
韓國料理很美味。

情境會話二

A : 여보, 내 넥타이 좀 가져 올래?
yo*.bo//ne*/nek.ta.i/jom/ga.jo*/ol.le*

B : 여기 있어요. 오늘도 잔업해요?
yo*.gi/i.sso*.yo//o.neul.do/ja.no*.pe*.yo

A : 잔업 안 해. 일찍 돌아올게.
ja.no*p/an/he*//il.jjik/do.ra.ol.ge

中譯二

A：老婆，可以把我的領帶拿來嗎？
B：在這裡，今天也要加班嗎?
A：不加班，我會早點回來。

重點語法

- (으)ㄹ게요　我來…／我會…

接在動詞後方，表示話者表明自己的意願，並同時做出承諾。

내가 기다릴게요.
我會等你。
다시 전화할게요.
我會再打電話給你。

情境會話三

A：빨리 학교 안 가면 지각이야.
bal.li/hak.gyo/an/ga.myo*n/ji.ga.gi.ya

B：아, 이번에도 선생님께 혼나잖아. 갈게.
a//i.bo*.ne.do/so*n.se*ng.nim.ge/hon.na.ja.na//gal.ge

中譯三

A：你再不趕快去學校會遲到。
B：啊～這次又要被老師罵了，我走了。

重點語法

- (으)면　如果…的話…
接在動詞、形容詞後方，表示條件或假設。

비가 오면 안 가요.
下雨我就不去。
돈이 있으면 집을 사고 싶어요.
有錢的話，我想買房子。

核心單字

외출하다 [動] 外出

아버지가 아침부터 외출했어요.

a.bo*.ji.ga/a.chim.bu.to*/we.chul.he*.sso*.yo

爸爸早上就外出了。

나가다 [動] 出去

나가기 전에 불을 꺼 주세요.

na.ga.gi/jo*.ne/bu.reul/go*/ju.se.yo

出去之前，請把燈關掉。

다녀오다 [動] 去一趟回來

저 다녀왔습니다.

jo*/da.nyo*.wat.sseum.ni.da

我回來了。

문을 잠그다 [詞組] 鎖門

아침 외출했을 때 대문을 잠겄어요.

a.chim/we.chul.he*.sseul/de*/de*.mu.neul/jjam.go*.sso*.yo

我早上出門時，把大門鎖起來了。

구두를 신다 [詞組] 穿皮鞋

나는 구두를 신기 전에 스타킹을 신어요.

na.neun/gu.du.reul/ssin.gi/jo*.ne/seu.ta.king.eul/ssi.no*.yo

我穿高跟鞋之前，會穿絲襪。

開車

情境會話一

A：학교에 가? 어서 타. 데려다 줄게.
hak.gyo.e/ga//o*.so*/ta//de.ryo*.da/jul.ge

B：고마워. 근데 학교에 어떻게 가는지 알아?
go.ma.wo//geun.de/hak.gyo.e/o*.do*.ke/ga.neun.ji/a.ra

中譯一

A：你要去學校嗎？快上車，我載你去。
B：謝謝，可是學校怎麼去你知道嗎？

重點語法

- (으)ㄴ/는지
接在動詞、形容詞或**이다**語幹後方，表示「疑問」。

잘 지내는지 궁금해요.
好奇他過得好不好。
여친이 있는지 알고 싶어요.
想知道有沒有女朋友。

情境會話二

A：기름이 거의 다 떨어졌네요. 근처에 주유소 없어요?
gi.reu.mi/go*.ui/da/do*.ro*.jo*n.ne.yo//geun.cho*.e/ju.yu.so/o*p.sso*.yo

B：다음 신호등 오른쪽에 주유소 있어요.
da.eum/sin.ho.deung/o.reun.jjo.ge/ju.yu.so/i.sso*.yo

中譯二

A：快沒油了耶！附近沒有加油站嗎？
B：下個紅綠燈右邊有加油站。

重點語法

- 이/가 있다/없다　有／沒有某物
接在名詞後方，表示事物的存在與否。

집에 소파가 있어요.
家裡有沙發。
방에 책상이 없어요.
房間沒有書桌。

應用例句

저는 초보운전이에요.

jo*.neun/cho.bo.un.jo*.ni.e.yo

我是開車新手。

오늘 날씨가 좋아서 세차를 하고 싶네요.

o.neul/nal.ssi.ga/jo.a.so*/se.cha.reul/ha.go/sim.ne.yo

今天天氣好，想洗車。

가까운 데 자동차 정비소가 있나요?

ga.ga.un/de/ja.dong.cha/jo*ng.bi.so.ga/in.na.yo

附近有汽車修車廠嗎？

차 수리를 해야겠네요.

cha/su.ri.reul/he*.ya.gen.ne.yo

該修理車子了。

어제 제 차 바퀴가 펑크 났어요.

o*.je/je/cha/ba.kwi.ga/po*ng.keu/na.sso*.yo

昨天我的車輪胎爆胎了。

백미러를 보면서 천천히 후진하세요.

be*ng.mi.ro*.reul/bo.myo*n.so*/cho*n.cho*n.hi/hu.jin.ha.se.yo

請看著後照鏡慢慢倒車。

核心單字

운전하다 [動] 開車

운전할 줄 아세요?

un.jo*n.hal/jjul/a.se.yo
你會開車嗎？

운전 면허증 [名] 駕照

운전 면허증 좀 보여 주시겠어요?

un.jo*n/myo*n.ho*.jeung/jom/bo.yo*/ju.si.ge.sso*.yo
請出示您的駕照。

시동을 걸다 [動] 發動汽車

자동차에 시동을 걸고 출발하자.

ja.dong.cha.e/si.dong.eul/go*l.go/chul.bal.ha.jja
我們發動汽車出發吧！

과속 단속 카메라 [名] 超速相機

과속 단속 카메라에 찍힌 것 같아요.

gwa.sok/dan.sok/ka.me.ra.e/jji.kin/go*t/ga.ta.yo
好像被超速相機給拍到了。

차선을 바꾸다 [詞組] 更換車道

갑자기 차선을 바꾸면 뒤차에 피해를 줄 수 있습니다.

gap.jja.gi/cha.so*.neul/ba.gu.myo*n/dwi.cha.e/pi.he*.reul/jjul/su/it.sseum.ni.da
突然更換車道，可能會給後車帶來禍害。

等公車

情境會話一

A：실례지만, 근처에 버스 정류장이 있나요?
sil.lye.ji.man//geun.cho*.e/bo*.seu/jo*ng.nyu.jang.i/in.na.yo

B：저기 안경 가게 보이죠? 앞에 버스 정류장이 있어요.
jo*.gi/an.gyo*ng/ga.ge/bo.i.jyo//a.pe/bo*.seu/jo*ng.nyu.jang.i/i.sso*.yo

中譯一

A：不好意思，請問附近有公車站嗎？
B：有看到那裡的眼鏡行吧？前面有公車站。

重點語法

- 지요? …吧？
表示向聽話者確認雙方（可能）已經知道的事實內容。可以縮寫成「**죠**」。

날씨가 좀 춥지요?
天氣有點冷吧？
지금 비가 오죠?
現在在下雨吧？

情境會話二

A：신촌 쪽으로 가고 싶은데 이 버스로 갈 수 있나요?
sin.chon/jjo.geu.ro/ga.go/si.peun.de/i/bo*.seu.ro/gal/ssu/in.na.yo

B：네, 갈 수 있습니다.
ne//gal/ssu/it.sseum.ni.da

中譯二

A：我想往新村的方向去，搭這班公車會到嗎？
B：對，可以到。

重點語法

- (으)로 表示交通工具
為助詞，可用來表示工具、材料、交通手段等。

자동차로 회사에 가요.
開車去上班。
회사에 택시로 옵니까?
你搭計程車來上班的嗎？

情境會話三

A：아저씨, 명동에 가고 싶은데 도착하면 알려 주실 수 있어요?
a.jo*.ssi//myo*ng.dong.e/ga.go/si.peun.de/do.cha.ka.myo*n/al.lyo*/ju.sil/su/i.sso*.yo

B：네, 그렇게 하죠.
ne//geu.ro*.ke/ha.jyo

中譯三

A：叔叔，我想去明洞，如果到了可以告訴我嗎？
B：好，就那麼辦。

重點語法

-(으)ㄹ 수 있다　可以…／會…
接在動詞語幹後方，表示某人有做某事的能力或可能性。

전화를 받을 수 있어요?
你可以接電話嗎？
돈을 빌려 줄 수 있어요.
我可以借你錢。

核心單字

버스를 타다 [詞組] 搭公車

우리 버스를 타고 시내에 갑시다.

u.ri/bo*.seu.reul/ta.go/si.ne*.e/gap.ssi.da
我們搭公車去市區吧。

버스에서 내리다 [詞組] 下公車

여자친구가 버스에서 내려서 나한테 뛰어왔다.

yo*.ja.chin.gu.ga/bo*.seu.e.so*/ne*.ryo*.so*/na.han.te/dwi.o*.wat.da
女朋友下公車後，向我跑過來。

버스를 기다리다 [詞組] 等公車

사람들이 줄을 서서 버스를 기다립니다.

sa.ram.deu.ri/ju.reul/sso*.so*/bo*.seu.reul/gi.da.rim.ni.da
人們排隊等公車。

버스를 놓치다 [詞組] 錯過公車

아침에 너무 늦게 일어나서 버스를 놓쳤어요.

a.chi.me/no*.mu/neut.ge/i.ro*.na.so*/bo*.seu.reul/not.cho*.sso*.yo
早上太晚起床，所以錯過公車了。

교통 카드를 찍다 [詞組] 刷交通卡

버스에서 내리기 전에 교통 카드를 찍었어요.

bo*.seu.e.so*/ne*.ri.gi/jo*.ne/gyo.tong/ka.deu.reul/jji.go*.sso*.yo
下公車前，刷了交通卡。

談論當日天氣

情境會話一

A : 엄마, 오늘 비가 올 거예요?
o*m.ma//o.neul/bi.ga/ol/go*.ye.yo

B : 저녁에 비가 올 거라고 했어. 우산을 챙겨 가.
jo*.nyo*.ge/bi.ga/ol/go*.ra.go/he*.sso*//u.sa.neul/che*ng.gyo*/ga

中譯一

A：媽，今天會下雨嗎？
B：聽說傍晚會下雨，要帶雨傘出門。

重點語法

- (으)ㄹ 거예요. 大概／應該…
接在動詞、形容詞後方，主語為第三人稱時，表示推測。

점점 추워질 거예요.
會漸漸變冷。
사람이 많을 거예요?
人會很多嗎？

情境會話二

A : 밖에 날씨가 어때요?
ba.ge/nal.ssi.ga/o*.de*.yo

B : 완전 더워요. 정말 나가고 싶지 않아요.
wan.jo*n/do*.wo.yo//jo*ng.mal/na.ga.go/sip.jji/a.na.yo

中譯二

A：外面天氣怎麼樣？
B：超級熱。我真不想出門。

重點語法

- 지 않다 不…
接在動詞、形容詞語幹後方，用來否定動作或狀態。

집에 돌아가지 않아요.
不回家。
집안일을 하지 않아요.
不做家事。

應用例句

비가 곧 쏟아질 것 같아요.

bi.ga/got/sso.da.jil/go*t/ga.ta.yo

好像馬上要下雨了。

한국의 날씨는 어때요?

han.gu.gui/nal.ssi.neun/o*.de*.yo

韓國的天氣如何？

한국의 기후는 참 좋아요.

han.gu.gui/gi.hu.neun/cham/jo.a.yo

韓國的氣候很棒。

저는 가을을 제일 좋아해요.

jo*.neun/ga.eu.reul/jje.il/jo.a.he*.yo

我最喜歡秋天。

봄에는 날씨가 따뜻해요.

bo.me.neun/nal.ssi.ga/da.deu.te*.yo

春天天氣很暖和。

서울은 타이페이보다 날씨가 훨씬 건조해요.

so*.u.reun/ta.i.pe.i.bo.da/nal.ssi.ga/hwol.ssin/go*n.jo.he*.yo

首爾的天氣比台北乾燥多了。

核心單字

일기예보 [名] 天氣預報

일기예보도 믿을 수 없어요.

il.gi.ye.bo.do/mi.deul/ssu/o*p.sso*.yo
天氣預報也不可相信。

비가 오다 [詞組] 下雨

내일 비가 오면 안 가요.

ne*.il/bi.ga/o.myo*n/an/ga.yo
明天下雨的話，我就不去。

눈이 오다 [詞組] 下雪

크리스마스 날에 눈이 왔으면 좋겠어요.

keu.ri.seu.ma.seu/na.re/nu.ni/wa.sseu.myo*n/jo.ke.sso*.yo
希望聖誕節那一天會下雪。

덥다 [形] 熱

더워서 에어컨을 켰어요.

do*.wo.so*/e.o*.ko*.neul/kyo*.sso*.yo
因為熱，開了冷氣。

춥다 [形] 冷

날씨가 추우니까 많이 입어요.

nal.ssi.ga/chu.u.ni.ga/ma.ni/i.bo*.yo
天氣冷，你多穿一點。

抵達公司

情境會話一

A：부장님, 안녕하세요. 일찍 나오셨네요.
bu.jang.nim//an.nyo*ng.ha.se.yo//il.jjik/na.o.syo*n.ne.yo

B：이따가 중요한 미팅이 있어서 좀 일찍 왔지.
i.da.ga/jung.yo.han/mi.ting.i/i.sso*.so*/jom/il.jjik/wat.jji

中譯一

A：部長，你好嗎？今天很早到呢！
B：待會有重要的會議，所以早點到囉！

情境會話二

A：저 다녀왔습니다.
jo*/da.nyo*.wat.sseum.ni.da

B：잘 다녀왔어요? 일은 어떻게 됐어요?
jal/da.nyo*.wa.sso*.yo//i.reun/o*.do*.ke/dwe*.sso*.yo

中譯二

A：我回來了，
B：你回來啦？事情辦得如何？

核心單字

출근하다 [動] 上班

보통 지하철로 출근합니다.

bo.tong/ji.ha.cho*l.lo/chul.geun.ham.ni.da
我一般搭地鐵去上班。

퇴근하다 [動] 下班

퇴근한 후 바로 집에 가세요?

twe.geun.han/hu/ba.ro/ji.be/ga.se.yo
下班後，你要馬上回家嗎？

회의 [名] 會議

회의가 몇 시에 시작됩니까?

hwe.ui.ga/myo*t/si.e/si.jak.dwem.ni.ga
會議幾點開始呢？

출장을 가다 [動] 出差

남편이 출장 갔어요. 그래서 혼자 밥을 먹어요.

nam.pyo*.ni/chul.jang/ga.sso*.yo//geu.re*.so*/hon.ja/ba.beul/mo*.go*.yo
老公出差了，所以一個人吃飯。

잔업하다 [動] 加班

오늘도 잔업해야겠네요.

o.neul.do/ja.no*.pe*.ya.gen.ne.yo
今天也要加班呢。

和同事聊天

情境會話一

A：야, 승진 축하해.
ya//seung.jin/chu.ka.he*

B：고마워요. 이게 다 여러분 덕분이에요.
go.ma.wo.yo//i.ge/da/yo*.ro*.bun/do*k.bu.ni.e.yo

中譯一

A：喂，恭喜你升職。
B：謝謝，這都是多虧了大家。

情境會話二

A：미연이랑 나랑 토요일 밤에 결혼식 하는데 올래요?
mi.yo*.ni.rang/na.rang/to.yo.il/ba.me/gyo*l.hon.sik/ha.neun.de/ol.le*.yo

B：축하드려요. 결혼식 날 기대할게요.
chu.ka.deu.ryo*.yo//gyo*l.hon.sik/nal/gi.de*.hal.ge.yo

中譯二

A：美妍和我星期六晚上要辦結婚典禮你要來嗎？
B：恭喜你，我會期待結婚典禮那一天的。

核心單字

팩스 [名] 傳真

견적서를 팩스로 보내 주세요.

gyo*n.jo*k.sso*.reul/pe*k.sseu.ro/bo.ne*/ju.se.yo

估價單請用傳真寄給我。

나한테 온 팩스 없어요?

na.han.te/on/pe*k.sseu/o*p.sso*.yo

沒有要給我的傳真嗎？

복사하다 [動] 影印

이거 두 장씩 복사해 주겠어요?

i.go*/du/jang.ssik/bok.ssa.he*/ju.ge.sso*.yo

這個可以幫我各印兩張嗎？

이메일 [名] 電子信箱

이메일 주소를 좀 알려 주세요.

i.me.il/ju.so.reul/jjom/al.lyo*/ju.se.yo

請告訴我你的電子信箱地址。

쉬는 시간 [詞組] 休息時間

지금 쉬는 시간이야. 커피 마실래?

ji.geum/swi.neun/si.ga.ni.ya//ko*.pi/ma.sil.le*

現在是休息時間，要不要喝咖啡？

抵達學校

情境會話一

A : 민지야, 같이 가.
min.ji.ya//ga.chi/ga

B : 안녕, 너 오늘 또 택시를 타고 온거야?
an.nyo*ng//no*/o.neul/do/te*k.ssi.reul/ta.go/on.go*.ya

A : 응, 좀 늦게 일어나서
eung//jom/neut.ge/i.ro*.na.so*

B : 우리 빨리 가자. 늦겠다.
u.ri/bal.li/ga.ja//neut.get.da

中譯一

A：旼志，一起走吧！
B：早安，你今天又搭計程車來啊？
A：恩，因為有點晚起…。
B：我們快點走吧，要遲到了。

情境會話二

A：선생님, 안녕하세요.
so*n.se*ng.nim//an.nyo*ng.ha.se.yo

B：그래. 지각하지 말고 빨리 교실로 가.
geu.re*//ji.ga.ka.ji/mal.go/bal.li/gyo.sil.lo/ga

A：네. 이따 봬요. 선생님.
ne//i.da/bwe*.yo//so*n.se*ng.nim

中譯二

A：老師好。
B：別遲到了，快進教室。
A：好，待會見，老師。

重點語法

- (으)로 가다 往…去

接在名詞後方，表示該名詞的方向或朝某一地點。

오른쪽으로 가세요.
請往右走。
이 버스는 어디로 가요?
這台公車開往哪裡？

情境會話三

A：계단에서 뛰지 마. 알지?
gye.da.ne.so*/dwi.ji/ma//al.jji

B：네, 알겠습니다.
ne//al.get.sseum.ni.da

中譯三

A：不要在樓梯間奔跑，知道嗎？
B：我知道了。

重點語法

- 에서 在…做…

接在處所名詞後方，表示行為發生的範圍或地點。

사무실에서 무엇을 해요?
你在辦公室做什麼？
방에서 공부해요.
在房間念書。

核心單字 II

초등학교 [名] 小學

나는 초등학교 선생님이야.

na.neun/cho.deung.hak.gyo/so*n.se*ng.ni.mi.ya

我是小學老師。

중학교 [名] 國中

저는 지금 중학교에 다닙니다.

jo*.neun/ji.geum/jung.hak.gyo.e/da.nim.ni.da

我現在就讀國中。

고등학교 [名] 高中

집 근처에 고등학교 하나 있습니다.

jip/geun.cho*.e/go.deung.hak.gyo/ha.na/it.sseum.ni.da

家附近有一所高中。

대학교 [名] 大學校

정말 뉴욕 대학교에서 공부하고 싶어요.

jo*ng.mal/nyu.yok/de*.hak.gyo.e.so*/gong.bu.ha.go/si.po*.yo

我真想在紐約大學念書。

유치원 [名] 幼稚園

아들이 오늘 유치원에서 다른 애랑 싸웠어요.

a.deu.ri/o.neul/yu.chi.wo.ne.so*/da.reun/e*.rang/ssa.wo.sso*.yo

兒子今天在幼稚園跟其他孩子打架了。

和朋友聊天

情境會話一

A：내일부터 기말고사네. 너 시험공부 했어?
ne*.il.bu.to*/gi.mal.go.sa.ne//no*/si.ho*m.gong.bu/he*.sso*

B：거의 안 했지.
go*.ui/an/he*t.jji

中譯一

A：從明天起就是期末考了，你有念書嗎？
B：幾乎沒念囉！

情境會話二

A：수업이 끝난 후에 뭐 해? 나랑 같이 농구 할까?
su.o*.bi/geun.nan/hu.e/mwo/he*//na.rang/ga.chi/nong.gu/hal.ga

B：아니야. 감기 기운이 좀 있어서 집에 가서 쉴래.
a.ni.ya//gam.gi/gi.u.ni/jom/i.sso*.so*/ji.be/ga.so*/swil.le*

中譯二

A：下課後，你要做什麼？要不要一起打籃球？
B：不了，有點感冒的症狀，我要回家休息。

核心單字

학점 [名] 學分

이 과목은 몇 학점이야?

i/gwa.mo.geun/myo*t/hak.jjo*.mi.ya
這個科目幾學分？

장학금 [名] 獎學金

내가 꼭 일등을 해서 장학금을 받을 거야.

ne*.ga/gok/il.deung.eul/he*.so*/jang.hak.geu.meul/ba.deul/go*.ya
我一定要得第一名，然後拿獎學金。

교수님 [名] 教授

교수님, 이번 중간 시험은 어려울 겁니까?

gyo.su.nim//i.bo*n/jung.gan/si.ho*.meun/o*.ryo*.ul/go*m.ni.ga
教授，這次的期中考會很難嗎？

기숙사 [名] 宿舍

저는 지금 학교 기숙사에서 살고 있습니다.

jo*.neun/ji.geum/hak.gyo/gi.suk.ssa.e.so*/sal.go/it.sseum.ni.da
我現在住在學校宿舍。

수업 [名] 課程

수업 시간에는 자지 마세요.

su.o*p/si.ga.ne.neun/ja.ji/ma.se.yo
請不要在上課時間睡覺。

在市場買菜

情境會話一

A : 포도 한 봉지에 얼마예요?
po.do/han/bong.ji.e/o*l.ma.ye.yo

B : 6천5백원입니다.
yuk.cho*.no.be*.gwo.nim.ni.da

中譯一

A：葡萄一包多少錢？
B：6千5百韓圜。

情境會話二

A : 여기 양고기도 팝니까?
yo*.gi/yang.go.gi.do/pam.ni.ga

B : 있죠. 우리 집 양갈비도 맛있습니다.
it.jjyo//u.ri/jip/yang.gal.bi.do/ma.sit.sseum.ni.da

中譯二

A：這裡也有賣羊肉嗎？
B：有囉！我們的羊排也很好吃。

核心單字

사과 [名] 蘋果

이 사과는 답니까?

i/sa.gwa.neun/dam.ni.ga

這顆蘋果甜嗎？

신선하다 [形] 新鮮

돼지고기는 신선합니까?

dwe*.ji.go.gi.neun/sin.so*n.ham.ni.ga

豬肉新鮮嗎？

과일 [名] 水果

여기는 무슨 과일들이 있습니까?

yo*.gi.neun/mu.seun/gwa.il.deu.ri/it.sseum.ni.ga

這裡有什麼水果呢？

생선 [名] 魚

생선은 세 토막으로 잘라 주세요.

se*ng.so*.neun/se/to.ma.geu.ro/jal.la/ju.se.yo

請幫我把魚切成三塊。

야채 [名] 蔬菜

야채를 사고 싶은데 배추가 있어요?

ya.che*.reul/ssa.go/si.peun.de/be*.chu.ga/i.sso*.yo

我想買蔬菜，有白菜嗎？

생활 한국어 회화

連韓國人都按讚的

生活韓語會話

第二章　中午

점심을
어디서 먹어요?

午餐去
哪裡吃呢？

到了休息時間

情境會話一

A：쉬고 합시다. 커피 한 잔 하시겠어요?
swi.go/hap.ssi.da//ko*.pi/han/jan/ha.si.ge.sso*.yo

B：네, 부탁합니다. 설탕 빼 주세요.
ne//bu.ta.kam.ni.da//so*l.tang/be*/ju.se.yo

中譯一

A：我們休息一下再做吧！要不要來杯咖啡？
B：好，麻煩你了，不要加糖。

重點語法

-고 先…然後…
接在動詞語幹後方，可以表示兩個動作的先後順序。

친구를 만나고 쇼핑을 갔어요.
見了朋友，然後去購物。
저녁을 먹고 집에 들어갔어요.
吃完晚餐之後，回家了。

情境會話二

A：이제 점심 시간이네요. 뭘 먹을까요?
i.je/jo*m.sim/si.ga.ni.ne.yo//mwol/mo*.geul.ga.yo

B：날씨가 추우니까 따뜻한 부대찌개를 먹읍시다.
nal.ssi.ga/chu.u.ni.ga/da.deu.tan/bu.de*.jji.ge*.reul/mo*.geup.ssi.da

中譯二

A：已經是午餐時間了。我們要吃什麼？
B：天氣冷，我們吃熱騰騰的部隊鍋吧！

重點語法

- (으)니까　因為…
接在動詞、形容詞語幹後方，表示理由或原因。
可以連接時制語尾，通常與命令句或勸誘句一同使用。

날씨가 추우니까 창문을 닫으세요.
天氣冷請關窗戶。
시간이 없으니까 가지 맙시다.
沒時間，我們別去吧。

應用例句

그만 하고 좀 쉽시다.

geu.man/ha.go/jom/swip.ssi.da

別做了，我們休息一下吧。

우리 식당에 갑시다.

u.ri/sik.dang.e/gap.ssi.da

我們去餐館吧。

보통 회사 식당에서 점심을 먹어요?

bo.tong/hwe.sa/sik.dang.e.so*/jo*m.si.meul/mo*.go*.yo

你通常都在公司的餐廳吃午餐嗎？

너무 바빠서 점심 먹는 시간도 없네요.

no*.mu/ba.ba.so*/jo*m.sim/mo*ng.neun/si.gan.do/o*m.ne.yo

太忙了，連吃午餐的時間也沒有呢！

나 담배 피우러 좀 갔다올게요.

na/dam.be*/pi.u.ro*/jom/gat.da.ol.ge.yo

我去抽根菸。

저 화장실 좀 갔다올게요.

jo*/hwa.jang.sil/jom/gat.da.ol.ge.yo

我去趟廁所。

核心單字

쉬다 [動] 休息

여기에 앉아서 좀 쉬세요.

yo*.gi.e/an.ja.so*/jom/swi.se.yo
請坐在這裡休息一下吧。

과자 [名] 餅乾、甜點

맛있는 과자를 가져 왔어요. 먹어 봐요.

ma.sin.neun/gwa.ja.reul/ga.jo*/wa.sso*.yo//mo*.go*/bwa.yo
我帶好吃的餅乾來了，吃看看吧。

도시락 [名] 便當

나 오늘 도시락을 싸 가지고 왔어요.

na/o.neul/do.si.ra.geul/ssa/ga.ji.go/wa.sso*.yo
我今天有準備便當來吃。

점심 [名] 午餐、中午

오늘 점심은 뭘 드셨어요?

o.neul/jjo*m.si.meun/mwol/deu.syo*.sso*.yo
今天午餐你吃了什麼？

식당 [名] 餐館、小吃店

저녁에 중국 식당에서 짜장면을 먹었어요.

jo*.nyo*.ge/jung.guk/sik.dang.e.so*/jja.jang.myo*.neul/mo*.go*.sso*.yo
晚上在中式餐館吃了炸醬麵。

叫外賣

情境會話一

A：안녕하세요. 치킨 한 마리와 콜라 한 병 배달해 주세요.
an.nyo*ng.ha.se.yo//chi.kin/han/ma.ri.wa/kol.la/han/byo*ng/be*.dal.he*/ju.se.yo

B：네, 주소와 전화번호를 말씀해 주세요.
ne//ju.so.wa/jo*n.hwa.bo*n.ho.reul/mal.sseum.he*/ju.se.yo

中譯一

A：你好，我要一隻炸雞和一瓶可樂。
B：好的，請告訴我您的地址與電話號碼。

重點語法

- (으)세요　請您做…
接在動詞語幹後方，可以表示尊敬型命令句。

말씀하세요.
請說。
가세요.
請去。

情境會話二

A：시간이 얼마나 걸리나요?
si.ga.ni/o*l.ma.na/go*l.li.na.yo

B：약 30분정도 걸립니다.
yak/sam.sip.bun.jo*ng.do/go*l.lim.ni.da

中譯二

A：要花多少時間呢？
B：大約要花30分鐘左右。

重點語法

- 나요?　…嗎？／…呢？

表示用較禮貌、委婉的方式向他人提出疑問。

언제 돌아오나요?
何時會回來呢？
이제 어떻게 하나요?
現在該怎麼做呢？

應用例句

배달을 시키려고 하는데요.

be*.da.reul/ssi.ki.ryo*.go/ha.neun.de.yo

我想叫外賣。

전화로 점심을 시켜 먹을까요?

jo*n.hwa.ro/jo*m.si.meul/ssi.kyo*/mo*.geul.ga.yo

我們打電話叫午餐來吃好嗎？

제일 빨리 배달이 되는게 뭐죠?

je.il/bal.li/be*.da.ri/dwe.neun.ge/mwo.jyo

可以最快送來的是什麼？

주소가 어떻게 되세요?

ju.so.ga/o*.do*.ke/dwe.se.yo

您的地址是？

빨리 배달해 주세요.

bal.li/be*.dal.he*/ju.se.yo

請快點送過來。

왜 그렇게 오래 걸리죠?

we*/geu.ro*.ke/o.re*/go*l.li.jyo

為什麼要花那麼久時間？

核心單字

김밥 [名] 紫菜飯捲

김밥을 만들 줄 알아요?

gim.ba.beul/man.deul/jjul/a.ra.yo
你會包紫菜飯捲嗎？

짜장면 [名] 炸醬麵

중국집에서 짜장면을 시켰어요.

jung.guk.jji.be.so*/jja.jang.myo*.neul/ssi.kyo*.sso*.yo
我在中式料理店點了炸醬麵。

만두 [名] 水餃

김치만두를 주문했어요.

gim.chi.man.du.reul/jju.mun.he*.sso*.yo
我點了泡菜水餃。

피자 [名] 披薩

맛있는 피자집 좀 추천해 주세요.

ma.sin.neun/pi.ja.jip/jom/chu.cho*n.he*/ju.se.yo
請推薦好吃的披薩店給我。

족발 [名] 豬腳

여기는 이 동네에서 제일 유명한 족발집이에요.

yo*.gi.neun/i/dong.ne.e.so*/je.il/yu.myo*ng.han/jok.bal.jji.bi.e.yo
這裡是這個社區最有名的豬腳店。

在餐館

情境會話一

A : 이모! 여기 삼계탕 하나 주십시오.
i.mo//yo*.gi/sam.gye.tang/ha.na/ju.sip.ssi.o

B : 네. 잠시만 기다리세요.
ne//jam.si.man/gi.da.ri.se.yo

中譯一

A：阿姨，這裡要一份蔘雞湯。
B：好，請稍等。

情境會話二

A : 뭘 드릴까요?
mwol/deu.ril.ga.yo

B : 된장찌개 하나랑 밥 두 개 주세요.
dwen.jang.jji.ge*/ha.na.rang/bap/du/ge*/ju.se.yo

中譯二

A：你要吃什麼？
B：請給我一個大醬鍋和兩碗飯。

核心單字

분식점 [名] 小吃店、麵店

분식점에서 떡볶이를 먹어 본 적 있어요?

bun.sik.jjo*.me.so*/do*k.bo.gi.reul/mo*.go*/bon/jo*k/i.sso*.yo

你有在小吃店吃過辣炒年糕嗎？

빵집 [名] 麵包店

친구 한 명이 빵집을 경영하고 있어요.

chin.gu/han/myo*ng.i/bang.ji.beul/gyo*ng.yo*ng.ha.go/i.sso*.yo

我有一個朋友在經營麵包店。

한식집 [名] 韓式料理店

이 한식집 아줌마가 매우 친절합니다.

i/han.sik.jjip/a.jum.ma.ga/me*.u/chin.jo*l.ham.ni.da

這間韓式料理店的阿姨很親切。

일식집 [名] 日式料理店

일식집에서 생선회를 먹었어요.

il.sik.jji.be.so*/se*ng.so*n.hwe.reul/mo*.go*.sso*.yo

我在日式料理店吃了生魚片。

在咖啡廳

情境會話一

A：주문 도와 드리겠습니다.
ju.mun/do.wa/deu.ri.get.sseum.ni.da

B：카페라테 한 잔, 아메리카노 두 잔 주세요.
ka.pe.ra.te/han/jan//a.me.ri.ka.no/du/jan/ju.se.yo

中譯一

A：幫您點餐！
B：請給我一杯咖啡拿鐵，兩杯美式咖啡。

重點語法

數量表示法
表示某物的數量時，需使用「純韓文數字」，其中**하나**，**둘**，**셋**，**넷**，**스물**在量詞前方時，會成為**한**，**두**，**세**，**네**，**스무**的型態。

종이 세 장
三張紙
개 두 마리
兩隻狗

情境會話二

A：컵 사이즈는 어떻게 하시겠습니까?
ko*p/sa.i.jeu.neun/o*.do*.ke/ha.si.get.sseum.ni.ga

B：큰 걸로 주세요.
keun/go*l.lo/ju.se.yo

A：감사합니다. 진동 울리면 저쪽에서 받아 가세요.
gam.sa.ham.ni.da//jin.dong/ul.li.myo*n/jo*.jjo.ge.so*/ba.da/ga.se.yo

中譯二

A：杯子尺寸要多大呢？
B：請給我大杯的。
A：謝謝，震動響的話，請到那邊領取飲料。

重點語法

- (으)ㄴ N　…的…
接在形容詞語幹後方，用來修飾後面出現的名詞。

예쁜 옷
漂亮的衣服
적은 수량
少的數量

應用例句

적립카드 있으십니까?

jo*ng.nip.ka.deu/i.sseu.sim.ni.ga

您有積分卡嗎？

따뜻한 걸로 주세요.

da.deu.tan/go*l.lo/ju.se.yo

請給我熱的。

시원한 걸로 주세요.

si.won.han/go*l.lo/ju.se.yo

請給我冰的。

커피 리필 가능할까요?

ko*.pi/ri.pil/ga.neung.hal.ga.yo

咖啡可以續杯嗎？

샌드위치 같은 것이 있습니까?

se*n.deu.wi.chi/ga.teun/go*.si/it.sseum.ni.ga

有三明治類的餐點嗎？

카페모카 하나 주시고요. 휘핑크림 좀 많이 올려주세요.

ka.pe.mo.ka/ha.na/ju.si.go.yo//hwi.ping.keu.rim/jom/ma.ni/ol.lyo*.ju.se.yo

請給我一杯咖啡摩卡，鮮奶油請幫我加多一點。

核心單字

휘핑크림 [名] 鮮奶油

휘핑크림은 빼 주세요.

hwi.ping.keu.ri.meun/be*/ju.se.yo
請不要幫我加鮮奶油。

일회용 컵 [名] 外帶杯

커피는 일회용 컵에 드릴까요?

ko*.pi.neun/il.hwe.yong/ko*.be/deu.ril.ga.yo
咖啡要幫您裝在外帶杯嗎？

아이스 커피 [名] 冰咖啡

아이스 커피를 마실게요.

a.i.seu/ko*.pi.reul/ma.sil.ge.yo
我要喝冰咖啡。

우유 [名] 牛奶

커피에 우유 넣어 드릴까요?

ko*.pi.e/u.yu/no*.o*/deu.ril.ga.yo
咖啡要幫您加牛奶嗎？

얼음 [名] 冰塊

얼음은 넣지 말아 주세요.

o*.reu.meun/no*.chi/ma.ra/ju.se.yo
請不要幫我加冰塊。

吃午餐

情境會話一

A：젓가락을 바닥에 떨어뜨렸어요. 하나 더 주시겠어요?
jo*t.ga.ra.geul/ba.da.ge/do*.ro*.deu.ryo*.sso*.yo//ha.na/do*/ju.si.ge.sso*.yo

B：젓가락하고 숟가락은 다 거기에 있습니다.
jo*t.ga.ra.ka.go/sut.ga.ra.geun/da/go*.gi.e/it.sseum.ni.da

中譯一

A：筷子掉在地上了，可以再給我一副嗎？
B：筷子和湯匙都放在那裡。

重點語法

- 하고 …和…
接在名詞後方，相當於中文的「和／跟」。

오빠하고 언니
哥哥和姊姊
과일하고 야채
水果和蔬菜。

情境會話二

A : 반찬 더 주시겠어요?
ban.chan/do*/ju.si.ge.sso*.yo

B : 계란말이 더 드려요?
gye.ran.ma.ri/do*/deu.ryo*.yo

中譯二

A：可以再給我點小菜嗎？
B：再給您一些雞蛋捲嗎？

重點語法

- (으)시겠어요?　您要…嗎？
表示有禮貌地詢問對方的意見，或向對方建議某事。

몇 시에 오시겠어요?
您要幾點過來呢？
노래 한 곡 들으시겠어요?
您要聽一首歌嗎？

應用例句

후춧가루 좀 갖다 주시겠어요?

hu.chut.ga.ru/jom/gat.da/ju.si.ge.sso*.yo

可以拿胡椒粉給我嗎？

메뉴 다시 갖다 주시겠어요?

me.nyu/da.si/gat.da/ju.si.ge.sso*.yo

可以再拿菜單給我看嗎？

이건 너무 매워요.

i.go*n/no*.mu/me*.wo.yo

這個太辣了。

새우가 신선하지 않아요.

se*.u.ga/sin.so*n.ha.ji/a.na.yo

蝦子不新鮮。

배 불러요. 더 이상 못 먹어요.

be*/bul.lo*.yo//do*/i.sang/mot/mo*.go*.yo

吃飽了，吃不下了。

화장실이 어디에 있어요?

hwa.jang.si.ri/o*.di.e/i.sso*.yo

請問廁所在哪裡呢？

核心單字

소스 [名] 醬汁

소스는 따로 주세요.

so.seu.neun/da.ro/ju.se.yo
醬汁請另外給我。

소금 [名] 鹽

소금 너무 많이 넣어서 짭니다.

so.geum/no*.mu/ma.ni/no*.o*.so*/jjam.ni.da
加太多鹽很鹹。

간장 [名] 醬油

이걸 간장에 찍어 먹으면 맛있어요.

i.go*l/gan.jang.e/jji.go*/mo*.geu.myo*n/ma.si.sso*.yo
這個沾醬油吃很好吃。

고추장 [名] 辣椒醬

고추장을 너무 많이 넣지 마세요.

go.chu.jang.eul/no*.mu/ma.ni/no*.chi/ma.se.yo
請不要加太多辣椒醬。

후추 [名] 胡椒

마지막으로 후추를 뿌리면 완성합니다.

ma.ji.ma.geu.ro/hu.chu.reul/bu.ri.myo*n/wan.so*ng.ham.ni.da
最後再灑上胡椒就完成了。

在速食店

情境會話一

A：3번 세트로 주세요.
sam.bo*n/se.teu.ro/ju.se.yo

B：알겠습니다. 음료수는요?
al.get.sseum.ni.da//eum.nyo.su.neu.nyo

中譯一

A：請給我三號餐。
B：好的，飲料呢？

重點語法

- (으)로　用N（做）
接在名詞後方，可表示工具、材料等意思。

붓으로 글씨를 씁니다.
用毛筆寫字。
밀가루로 국수를 만들어요.
用麵粉做麵條。

情境會話二

A：빅맥 주세요. 세트말고 햄버거만 주세요.
bing.me*k/ju.se.yo//se.teu.mal.go/he*m.bo*.go*.man/ju.se.yo

B：더 시키실 게 있나요?
do*/si.ki.sil/ge/in.na.yo

A：없습니다.
o*p.sseum.ni.da

中譯二

A：請給我大麥克。不是套餐，漢堡就好。
B：還有要點的嗎？
A：沒有了。

重點語法

- (으)ㄹ N　…的…（未來型）
接在動詞語幹後方，用來修飾後面出現的名詞。

할 일
要做的事
읽을 책
要讀的書

應用例句

케찹 하나 더 주세요.

ke.chap/ha.na/do*/ju.se.yo

請再給我一個番茄醬。

햄버거에 마요네즈를 넣지 말아 주세요.

he*m.bo*.go*.e/ma.yo.ne.jeu.reul/no*.chi/ma.ra/ju.se.yo

請不要在漢堡裡加美乃滋。

커피 리필 되나요?

ko*.pi/ri.pil/dwe.na.yo

咖啡可以續杯嗎？

새우버거랑 콜라 작은 걸로 주세요.

se*.u.bo*.go*.rang/kol.la/ja.geun/go*l.lo/ju.se.yo

請給我鮮蝦堡和小杯可樂。

햄 샌드위치를 주세요.

he*m/se*n.deu.wi.chi.reul/jju.se.yo

請給我火腿三明治。

여기서 먹을 겁니다.

yo*.gi.so*/mo*.geul/go*m.ni.da

我要內用。

核心單字

불고기버거 [名] 烤肉漢堡

불고기버거 하나 주세요. 토마토는 빼 주세요.

bul.go.gi.bo*.go*/ha.na/ju.se.yo//to.ma.to.neun/be*/ju.se.yo
請給我一個烤肉漢堡，幫我拿掉番茄。

콜라 [名] 可樂

그리고 콜라 큰 걸로 주세요.

geu.ri.go/kol.la/keun/go*l.lo/ju.se.yo
然後再一杯大可樂。

세트 [名] 套餐

맥치킨버거 세트로 주세요.

me*k.chi.kin.bo*.go*/se.teu.ro/ju.se.yo
請給我麥香雞腿堡套餐。

옥수수스프 [名] 玉米濃湯

옥수수스프도 하나 주세요. 가져 갈 겁니다.

ok.ssu.su.seu.peu.do/ha.na/ju.se.yo//ga.jo*/gal/go*m.ni.da
再一個玉米濃湯。我要帶走。

가지고 가다 [詞組] 帶走

여기서 드실 거예요? 아니면 가지고 가실 거예요?

yo*.gi.so*/deu.sil/go*.ye.yo//a.ni.myo*n/ga.ji.go/ga.sil/go*.ye.yo
您要內用還是外帶？

在便利商店

情境會話一

A：도시락 데워 드릴까요?
do.si.rak/de.wo/deu.ril.ga.yo

B：네, 데워 주세요.
ne//de.wo/ju.se.yo

中譯一

A：便當要幫您加熱嗎？
B：要，請幫我加熱。

重點語法

- 아/어 주다　為某人做事

接在動詞語幹後方，表示請求對方為自己做某事或自己為他人做某事。「**아/어 드리다**」為敬語型。

밥을 사 주세요.
請我吃飯。
다시 연락해 드리겠습니다.
我會再連絡您。

情境會話二

A：칠천원 받았습니다. 남은 거스름돈과 영수증입니다.
chil.cho*.nwon/ba.dat.sseum.ni.da//na.meun/go*.seu.reum.don.gwa/yo*ng.su.jeung.im.ni.da

B：감사합니다.
gam.sa.ham.ni.da

中譯二

A：收您七千韓圜。這是找得錢和收據。
B：謝謝。

重點語法

-과 …和…

接在有尾音的名詞後方，相當於中文的「和／跟」。

소설책과 만화책
小說和漫畫
오늘과 내일
今天和明天

應用例句

비닐봉투 하나 주세요.

bi.nil.bong.tu/ha.na/ju.se.yo

請給我一個塑膠袋。

여기 현금 인출기가 있어요?

yo*.gi/hyo*n.geum/in.chul.gi.ga/i.sso*.yo

這裡有ATM嗎？

담배 한 갑 주세요.

dam.be*/han/gap/ju.se.yo

請給我一包菸。

젓가락 하나 더 주시겠어요?

jo*t.ga.rak/ha.na/do*/ju.si.ge.sso*.yo

可以再給我一雙筷子嗎？

빨대 좀 받아도 되나요?

bal.de*/jom/ba.da.do/dwe.na.yo

可以拿根吸管嗎？

우산을 사고 싶은데 어디 있어요?

u.sa.neul/ssa.go/si.peun.de/o*.di/i.sso*.yo

我想買雨傘，在哪裡？

核心單字

편의점 [名] 便利商店

편의점에 여러가지 물건들이 있어요.

pyo*.nui.jo*.me/yo*.ro*.ga.ji/mul.go*n.deu.ri/i.sso*.yo
便利商店有各種物品。

아르바이트생 [名] 工讀生

그 아르바이트생은 부지런하고 성실합니다.

geu/a.reu.ba.i.teu.se*ng.eun/bu.ji.ro*n.ha.go/so*ng.sil.ham.ni.da
那位工讀生又勤勞又老實。

음료수 [名] 飲料

알코올 없는 음료수로 주세요.

al.ko.ol/o*m.neun/eum.nyo.su.ro/ju.se.yo
請給我不含酒精的飲料。

아이스크림 [名] 冰淇淋

날씨가 더워서 아이스크림을 먹고 싶어요.

nal.ssi.ga/do*.wo.so*/a.i.seu.keu.ri.meul/mo*k.go/si.po*.yo
天氣熱，我想吃冰淇淋。

신문 [名] 報紙

여기 영어 신문도 팝니까?

yo*.gi/yo*ng.o*/sin.mun.do/pam.ni.ga
這裡也有賣英語報紙嗎？

聊公司的事情

情境會話一

A：팀장님, 급히 의논드려야 할 일이 있는데요.
tim.jang.nim//geu.pi/ui.non.deu.ryo*.ya/hal/i.ri/in.neun.de.yo

B：네, 말씀하세요.
ne//mal.sseum.ha.se.yo

中譯一

A：組長，有急事要跟您討論。
B：好的，請說。

重點語法

- 아/어야 하다　必須…
表示必須要做的事或某種必然的情況。

도대체 어떻게 해야 돼요?
到底該怎麼做？
먼저 준비해야 해요.
必須要先準備。

情境會話二

A：사장님, 이 서류들을 좀 확인해 주시고 사인하세요.
sa.jang.nim//i/so*.ryu.deu.reul/jjom/hwa.gin.he*/ju.si.go/sa.in.ha.se.yo

B：참, 지난 번에 말씀드렸던 일은 어떻게 됐어요?
cham//ji.nan/bo*.ne/mal.sseum.deu.ryo*t.do*n/i.reun/o*.do*.ke/dwe*.sso*.yo

中譯二

A：社長，請確認這些文件後簽名。
B：對了，上次跟您提過的事情怎麼樣了？

重點語法

-들 N們
放在可數的名詞後方，表示「複數」。

과자를 아이들에게 주었어요.
把餅乾給了孩子們。
친구들을 만나려고 해요.
打算見見朋友們。

應用例句

내일까지 답변을 드리겠습니다.

ne*.il.ga.ji/dap.byo*.neul/deu.ri.get.sseum.ni.da

明天以前會給您答覆。

뭐에 대한 회의죠?

mwo.e/de*.han/hwe.ui.jyo

是有關什麼的會議？

내일 출장 갈거니까 회의에 참석할 수 없어요.

ne*.il/chul.jang/gal.go*.ni.ga/hwe.ui.e/cham.so*.kal/ssu/o*p.sso*.yo

我明天要出差，無法去開會了。

저는 그렇게 생각하지 않습니다.

jo*.neun/geu.ro*.ke/se*ng.ga.ka.ji/an.sseum.ni.da

我不那麼認為。

오늘 회식 안 잊으셨죠?

o.neul/hwe.sik/an/i.jeu.syo*t.jjyo

今天的聚餐您沒有忘記吧？

제품의 기능을 좀 설명해 주세요.

je.pu.mui/gi.neung.eul/jjom/so*l.myo*ng.he*/ju.se.yo

請說明一下產品的功能。

核心單字

파일 [名] 檔案、文件

그 파일은 찾을 수 없어요.

geu/pa.i.reun/cha.jeul/ssu/o*p.sso*.yo
找不到那份文件。

시간을 내다 [詞組] 撥出時間

시간 좀 내주실 수 있으세요?

si.gan/jom/ne*.ju.sil/su/i.sseu.se.yo
可以撥點時間給我嗎？

보고서 [名] 報告書

보고서는 내일 퇴근하기 전에 제출하세요.

bo.go.so*.neun/ne*.il/twe.geun.ha.gi/jo*.ne/je.chul.ha.se.yo
報告請在明天下班以前繳交。

도장을 찍다 [詞組] 蓋章

여기에 도장을 찍어 주세요.

yo*.gi.e/do.jang.eul/jji.go*/ju.se.yo
請在這裡蓋章。

당담자 [名] 負責人

당담자는 누구이십니까?

dang.dam.ja.neun/nu.gu.i.sim.ni.ga
負責人是誰？

생활 한국어 회화

連韓國人都按讚的

生活韓語會話

第三章　下午

오후 두 시에

만나자!

我們下午

兩點見吧！

工作時

情境會話一

A : 준영 씨, 이거 좀 도와 줄래요?
ju.nyo*ng/ssi//i.go*/jom/do.wa/jul.le*.yo

B : 지금은 바빠서 무리네요. 다른 분께 부탁하세요.
ji.geu.meun/ba.ba.so*/mu.ri.ne.yo//da.reun/bun.ge/bu.ta.ka.se.yo

中譯一

A：俊英，這個可以幫幫我嗎？
B：我現在很忙沒辦法，你去拜託其他人吧。

重點語法

- 아/어서　因為…所以…
表示前面的子句是後面子句的的原因或理由。

머리가 아파서 약국에 갔어요.
頭痛所以去了藥局。
이 스타일이 예뻐서 좋아해요.
這樣式漂亮所以喜歡。

情境會話二

A：이 그래프는 누가 만들었어요? 정보가 좀 부족한데요.
i/geu.re*.peu.neun/nu.ga/man.deu.ro*.sso*.yo//jo*ng.bo.ga/jom/bu.jo.kan.de.yo

B：당담자는 지금 안 계신데 제가 추가해 드리겠습니다.
dang.dam.ja.neun/ji.geum/an/gye.sin.de/je.ga/chu.ga.he*/deu.ri.get.sseum.ni.da

中譯二

A：這個圖表是誰做的？信息有點不足。
B：負責人現在不在，我來補充。

重點語法

-(으)ㄴ/는데　說明背景
接在動詞、形容詞或**이다**語幹後方，表示為後方的子句加以敘述理由或背景。

요즘 한국어를 배우는데 재미있어요.
最近在學韓語很有意思。
날씨가 좋은데 놀러 갈까요?
天氣很好，我們出去玩好嗎？

應用例句

택배로 그것 좀 보내 주시겠어요?

te*k.be*.ro/geu.go*t/jom/bo.ne*/ju.si.ge.sso*.yo

你可以幫我用快遞把那個寄出嗎？

전화 좀 써도 될까요?

jo*n.hwa/jom/sso*.do/dwel.ga.yo

我可以借用電話嗎？

어느 서류가 최근 연구자료를 나타내는 거죠?

o*.neu/so*.ryu.ga/chwe.geun/yo*n.gu.ja.ryo.reul/na.ta.ne*.neun/go*.jyo

哪一份文件有提到最近的研究資料呢？

보고서들이 출력되었나요?

bo.go.so*.deu.ri/chul.lyo*k.dwe.o*n.na.yo

報告書都做出來了嗎？

왜 이렇게 늦어요? 서두릅시다.

we*/i.ro*.ke/neu.jo*.yo//so*.du.reup.ssi.da

怎麼這麼慢？趕快吧。

민준 씨는 우리를 도우러 왔습니다.

min.jun/ssi.neun/u.ri.reul/do.u.ro*/wat.sseum.ni.da

民俊是來幫我們的。

核心單字

마감일 [名] 截止日

마감일은 4월10일입니다.

ma.ga.mi.reun/sa.wol/si.bi.rim.ni.da
截止日是四月十號。

실수 [名] 失誤、出錯

죄송합니다. 그건 제 실수입니다.

jwe.song.ham.ni.da//geu.go*n/je/sil.su.im.ni.da
對不起，那是我的失誤。

표를 기입하다 [詞組] 填表格

이 표는 어떻게 기입해야 하나요?

i/pyo.neun/o*.do*.ke/gi.i.pe*.ya/ha.na.yo
請問這張表格怎麼填？

손을 떼다 [詞組] 放手、罷手

지금 이 일에서 손을 떼면 안 됩니다.

ji.geum/i/i.re.so*/so.neul/de.myo*n/an/dwem.ni.da
現在我不能放下這個工作。

일을 끝내다 [詞組] 結束工作、完工

드디어 일은 다 끝냈습니다.

deu.di.o*/i.reun/da/geun.ne*t.sseum.ni.da
終於把事情都做完了。

開會

情境會話一

A：지금부터 회의를 시작하겠습니다.
ji.geum.bu.to*/hwe.ui.reul/ssi.ja.ka.get.sseum.ni.da

B：차 본부장, 브리핑을 시작해 주십시오.
cha/bon.bu.jang//beu.ri.ping.eul/ssi.ja.ke*/ju.sip.ssi.o

中譯一

A：會議現在開始進行。
B：車本部長，請開始您的簡報。

重點語法

- (으)십시오　請您做…
接在動詞語幹後方，表示尊敬型命令句。比**(으)세요**更正式、尊敬。

책을 펴십시오.
請翻開書本。
여기에 앉으십시오.
請坐這裡。

情境會話二

A：오늘은 여기까지 합시다.
o.neu.reun/yo*.gi.ga.ji/hap.ssi.da

B：여러분 수고하셨습니다. 안녕히 가세요.
yo*.ro*.bun/su.go.ha.syo*t.sseum.ni.da//an.nyo*ng.hi/ga.se.yo

中譯二

A：今天我們就先做到這裡。
B：各位辛苦了，慢走。

重點語法

-(으)ㅂ시다　一起…吧。
接在動詞語幹後方，表向對方提出建議或邀請他人一起做某事。

주말에 만납시다.
我們周末見吧。
삼계탕을 먹읍시다.
我們吃蔘雞湯吧。

應用例句

오늘 회의에 참석해 주셔서 감사합니다.
o.neul/hwe.ui.e/cham.so*.ke*/ju.syo*.so*/gam.sa.ham.ni.da
謝謝大家來參加今天的會議。

오늘 토론 주제는 무엇인가요?
o.neul/to.ron/ju.je.neun/mu.o*.sin.ga.yo
今天討論的主題是什麼？

첫 번째 그래프를 좀 봐주시기 바랍니다.
cho*t/bo*n.jje*/geu.re*.peu.reul/jjom/bwa.ju.si.gi/ba.ram.ni.da
請看第一張圖表。

저희도 그렇게 생각합니다.
jo*.hi.do/geu.ro*.ke/se*ng.ga.kam.ni.da
我們也是那麼想的。

죄송하지만 질문 하나 해도 될까요?
jwe.song.ha.ji.man/jil.mun/ha.na/he*.do/dwel.ga.yo
對不起，我可以問個問題嗎？

다시 한 번 설명해 주시겠습니까?
da.si/han/bo*n/so*l.myo*ng.he*/ju.si.get.sseum.ni.ga
可以請你再說明一遍嗎？

核心單字

실례하다 [動] 失禮

죄송합니다만, 잠시 실례하겠습니다.

jwe.song.ham.ni.da.man//jam.si/sil.lye.ha.get.sseum.ni.da

對不起，我先失陪一下。

동의하다 [動] 同意

저는 이 제안에 동의합니다.

jo*.neun/i/je.a.ne/dong.ui.ham.ni.da

我同意這個提案。

반대하다 [動] 反對

저는 반대하지 않습니다.

jo*.neun/ban.de*.ha.ji/an.sseum.ni.da

我不反對。

지지하다 [動] 支持

저는 이 의견에 지지하지 않습니다.

jo*.neun/i/ui.gyo*.ne/ji.ji.ha.ji/an.sseum.ni.da

我不支持這個意見。

시작하다 [動] 開始

빨리 시작합시다.

bal.li/si.ja.kap.ssi.da

我們趕快開始吧。

打電話

情境會話一

A：여보세요. 김 부장님과 통화하고 싶은데요.
yo*.bo.se.yo//gim/bu.jang.nim.gwa/tong.hwa.ha.go/si.peun.de.yo

B：김 부장님은 지금 회의 중이십니다.
gim/bu.jang.ni.meun/ji.geum/hwe.ui/jung.i.sim.ni.da

中譯一

A：喂，我想和金部長通電話。
B：金部長現在正在開會。

重點語法

- 중　…中
接在特定的名詞（漢字語名詞居多）後方，表示「正在…」。

사용 중
使用中
공사 중
施工中

情境會話二

A：죄송합니다. 김 부장님은 지금 다른 전화를 받고 있습니다.
jwe.song.ham.ni.da//gim/bu.jang.ni.meun/ji.geum/da.reun/jo*n.hwa.reul/bat.go/it.sseum.ni.da

B：괜찮습니다. 제가 30분 후에 다시 전화하겠습니다.
gwe*n.chan.sseum.ni.da//je.ga/sam.sip.bun/hu.e/da.si/jo*n.hwa.ha.get.sseum.ni.da

中譯二

A：對不起，金部長現在正在接其他的電話。
B：沒關係，我三十分鐘後再打電話過去。

重點語法

-후에 在…之後

接在名詞後方，表示在某個時間點之後。

두 달 후에 한국에 갈 거예요.
兩個月後我會去韓國。
졸업 후에 그녀와 결혼할 거예요.
畢業後我要和她結婚。

應用例句

여보세요, 김세경 씨 집이죠?

yo*.bo.se.yo//gim.se.gyo*ng/ssi/ji.bi.jyo

喂，請問是金世京小姐的家嗎？

여보세요, 영속출판사의 진건호입니다.

yo*.bo.se.yo//yo*ng.sok.chul.pan.sa.ui/jin.go*n.ho.im.ni.da

喂，我是永續出版社的陳建豪。

좀 천천히 말씀해 주시겠습니까?

jom/cho*n.cho*n.hi/mal.sseum.he*/ju.si.get.sseum.ni.ga

您可以講慢一點嗎？

좀 큰 소리로 말씀해 주시겠어요?

jom/keun/so.ri.ro/mal.sseum.he*/ju.si.ge.sso*.yo

您可以講大聲一點嗎？

박 선생님이 계십니까? 급한 일입니다.

bak/so*n.se*ng.ni.mi/gye.sim.ni.ga//geu.pan/i.rim.ni.da

請問朴老師在嗎？我有急事。

잠시만 기다리세요.

jam.si.man/gi.da.ri.se.yo

請您稍等一會。

核心單字

전화를 걸다 [詞組] 打電話

누구한테 전화를 거실 건가요?

nu.gu.han.te/jo*n.hwa.reul/go*.sil/go*n.ga.yo

你是要打電話給誰呢？

전화를 받다 [詞組] 接電話

세 번이나 전화했는데 아무도 전화를 받지 않았어요.

se/bo*.ni.na/jo*n.hwa.he*n.neun.de/a.mu.do/jo*n.hwa.reul/bat.jji/a.na.sso*.yo

打了三次電話，可是沒有人接。

전화를 끊다 [詞組] 掛斷電話

전화 끊어 주세요.

jo*n.hwa/geu.no*/ju.se.yo

請掛斷電話。

전화를 잘못 걸다 [詞組] 打錯電話

전화 잘못 거신 것 같습니다.

jo*n.hwa/jal.mot/go*.sin/go*t/gat.sseum.ni.da

您似乎打錯電話了。

문자를 보내다 [詞組] 傳簡訊

회의가 끝나면 문자를 보내 주세요.

hwe.ui.ga/geun.na.myo*n/mun.ja.reul/bo.ne*/ju.se.yo

會議結束後，請傳簡訊給我。

出差

情境會話一

A：한국에 오신 것을 환영합니다.
han.gu.ge/o.sin/go*.seul/hwa.nyo*ng.ham.ni.da

B：처음 뵙겠습니다. 이렇게 마중해 주셔서 감사합니다.
cho*.eum/bwep.get.sseum.ni.da//i.ro*.ke/ma.jung.he*/ju.syo*.so*/gam.sa.ham.ni.da

中譯一

A：歡迎您來韓國。
B：初次見面，謝謝您來迎接我。

重點語法

-(으)시　表示尊敬
接在形容詞、動詞、**이다**語幹後方，用來尊敬聽話者或年齡、社會地位較高的對象。

아버지가 회사에 가십니다.
爸爸去上班。
아주머님이 손님을 기다리세요.
阿姨等客人。

情境會話二

A：묵으실 호텔까지 안내해 드리겠습니다.
mu.geu.sil/ho.tel.ga.ji/an.ne*.he*/deu.ri.get.sseum.ni.da

B：오늘 대단히 수고 많으셨습니다. 내일 뵙겠습니다.
o.neul/de*.dan.hi/su.go/ma.neu.syo*t.sseum.ni.da//ne*.il/bwep.get.sseum.ni.da

中譯二

A：我帶您到您的飯店。
B：今天您辛苦了，我們明天見。

重點語法

-까지 到…
表示時間或距離上的限度、終點。

학교까지 멀어요?
到學校遠嗎？
오늘 수업은 여기까지입니다.
今天的課上到這裡。

應用例句

실례지만, 최지우 부장님이십니까?

sil.lye.ji.man//chwe.ji.u/bu.jang.ni.mi.sim.ni.ga
不好意思，請問您是崔智友部長嗎？

이쪽은 저희 사장님이십니다.

i.jjo.geun/jo*.hi/sa.jang.ni.mi.sim.ni.da
這位是我們的社長。

처음 뵙겠습니다. 장숙영이라고 합니다.

cho*.eum/bwep.get.sseum.ni.da//jang.su.gyo*ng.i.ra.go/ham.ni.da
初次見面，我叫作張淑英。

그럼, 내일 공장에서 만납시다.

geu.ro*m//ne*.il/gong.jang.e.so*/man.nap.ssi.da
那麼，明天在工廠見吧。

같이 일할 수 있어서 매우 기쁩니다.

ga.chi/il.hal/ssu/i.sso*.so*/me*.u/gi.beum.ni.da
很高興可以一起工作。

여기서 얼마나 계실 건가요?

yo*.gi.so*/o*l.ma.na/gye.sil/go*n.ga.yo
您要在這裡待多久呢？

核心單字

일정 [名] 日程

드디어 여행 일정을 다 짰어요.

deu.di.o*/yo*.he*ng/il.jo*ng.eul/da/jja.sso*.yo

旅遊日程終於都排好了。

방문 [名] 拜訪、訪問

방문 목적이 무엇입니까?

bang.mun/mok.jjo*.gi/mu.o*.sim.ni.ga

您拜訪的目的為何？

비행기표를 예약하다 [詞組] 訂機票

서울에 가는 비행기 표를 예약하고 싶은데요.

so*.u.re/ga.neun/bi.he*ng.gi/pyo.reul/ye.ya.ka.go/si.peun.de.yo

我想訂去首爾的機票。

출발 시간 [詞組] 出發時間

출발 시간이 언제인지 알려 주시겠어요?

chul.bal/ssi.ga.ni/o*n.je.in.ji/al.lyo*/ju.si.ge.sso*.yo

可以告訴我出發時間是什麼時候嗎？

도착 시간 [詞組] 抵達時間

도착 시간은 한국 시간 오후 3시반입니다.

do.chak/si.ga.neun/han.guk/si.gan/o.hu/se.si.ba.nim.ni.da

抵達時間是韓國時間下午三點半。

介紹公司產品

情境會話一

A：출시 일정이 언제인가요?
chul.si/il.jo*ng.i/o*n.je.in.ga.yo

B：다음 달 중순에 출시할 예정입니다.
da.eum/dal/jjung.su.ne/chul.si.hal/ye.jo*ng.im.ni.da

中譯一

A：上市日期是什麼時候？
B：預計在下個月中旬上市。

重點語法

- (으)ㄹ 예정이다　打算
接在動詞語幹後方，表示打算或預計去做某事。

다음 주에 떠날 예정이에요.
打算下週離開。
내년 여름에 여행을 갈 예정이야.
我預計明年夏天去旅行。

情境會話二

A：다른 회사제품 대비 어떤 장점이 있나요?
da.reun/hwe.sa.je.pum/de*.bi/o*.do*n/jang.jo*.mi/in.na.yo

B：가장 큰 장점은 방수 기능입니다.
ga.jang/keun/jang.jo*.meun/bang.su/gi.neung.im.ni.da

中譯二

A：跟其他公司產品對比，有什麼樣的優點？
B：最大的優點就是防水功能。

重點語法

어떤N　什麼樣的…
接在名詞前方，用來限定名詞的屬性。

어떤 영화를 보고 싶어요?
你想看什麼樣的電影？
어떤 남자를 좋아합니까?
你喜歡什麼樣的男生？

應用例句

가격이 비싼 이유가 무엇인가요?

ga.gyo*.gi/bi.ssan/i.yu.ga/mu.o*.sin.ga.yo

價格貴的理由是什麼？

어디에 쓰는 기능인가요?

o*.di.e/sseu.neun/gi.neung.in.ga.yo

這是使用在哪裡的功能？

이 제품이 매우 안전하고 효과적입니다.

i/je.pu.mi/me*.u/an.jo*n.ha.go/hyo.gwa.jo*.gim.ni.da

這樣產品既安全又有效。

견본은 있습니까?

gyo*n.bo.neun/it.sseum.ni.ga

有樣品嗎？

이 제품의 가장 큰 특징은 작고 가볍다는 것입니다.

i/je.pu.mui/ga.jang/keun/teuk.jjing.eun/jak.go/ga.byo*p.da.neun/go*.sim.ni.da

這樣產品最大的特徵就是又小又輕便。

저희 회사 제품은 아시아에서 반응이 아주 좋습니다.

jo*.hi/hwe.sa/je.pu.meun/a.si.a.e.so*/ba.neung.i/a.ju/jo.sseum.ni.da

我們公司的產品在亞洲的反應很棒。

核心單字

신제품 [名] 新產品

먼저 제가 이 신제품에 대해 설명 드리겠습니다.

mo*n.jo*/je.ga/i/sin.je.pu.me/de*.he*/so*l.myo*ng/deu.ri.get.sseum.ni.da

首先我來為您說明這樣新產品。

디자인 [名] 設計

이 디자인은 너무 마음에 들어요.

i/di.ja.i.neun/no*.mu/ma.eu.me/deu.ro*.yo

我很滿意這個設計。

모델 [名] 模型、型號

제품 모델 번호 좀 알려 주세요.

je.pum/mo.del/bo*n.ho/jom/al.lyo*/ju.se.yo

請告訴我產品的型號。

소비자 [名] 消費者

소비자들에게 사랑 받기 위해 노력하고 있습니다.

so.bi.ja.deu.re.ge/sa.rang/bat.gi/wi.he*/no.ryo*.ka.go/it.sseum.ni.da

為了得到消費者們的喜愛，正不斷努力當中。

和上司談話

情境會話一

A：프로젝트는 어떻습니까?
peu.ro.jek.teu.neun/o*.do*.sseum.ni.ga

B：프로젝트는 순조롭게 진행되고 있습니다.
peu.ro.jek.teu.neun/sun.jo.rop.ge/jin.he*ng.dwe.go/it.sseum.ni.da

中譯一

A：企劃案如何了？
B：企劃案正順利進行中。

重點語法

- 고 있다　正在做…
接在動詞語幹後方，表示某一動作行為正在進行中。

점심을 먹고 있어요.
正在吃午飯。
게임을 하고 있어요.
正在玩遊戲。

情境會話二

A : 사장님, 중요한 드릴 말씀이 있는데요.
sa.jang.nim//jung.yo.han/deu.ril/mal.sseu.mi/in.neun.de.yo

B : 무슨 일인데요?
mu.seun/i.rin.de.yo

中譯二

A：社長，我有重要的事情要報告。
B：什麼事情？

重點語法

무슨N　什麼的
接在名詞前方，用來詢問對方某一限定的名詞或種類。

무슨 계절을 좋아하세요?
您喜歡什麼季節？
무슨 고기를 좋아해요?
你喜歡什麼肉？

應用例句

그는 신입이에요.

geu.neun/si.ni.bi.e.yo
他是新人。

아직 검토할 시간이 필요하신가요?

a.jik/go*m.to.hal/ssi.ga.ni/pi.ryo.ha.sin.ga.yo
您還需要檢查的時間嗎？

퇴근하기 전에 개선대책서 가져 오세요.

twe.geun.ha.gi/jo*.ne/ge*.so*n.de*.che*k.sso*/ga.jo*/o.se.yo
下班之前，請把改善對策計畫書拿來。

먼저 퇴근해도 될까요?

mo*n.jo*/twe.geun.he*.do/dwel.ga.yo
我可以先下班嗎？

죄송합니다. 명심하겠습니다.

jwe.song.ham.ni.da//myo*ng.sim.ha.get.sseum.ni.da
對不起，我會銘記在心。

퇴근하기 전에 거래처에 전화를 해서 약속 시간을 잡도록 하세요.

twe.geun.ha.gi/jo*.ne/go*.re*.cho*.e/jo*n.hwa.reul/he*.so*/yak.ssok/si.ga.neul/jjap.do.rok/ha.se.yo
下班之前打電話給客戶，約好見面時間。

核心單字

미팅 [名] 會議、聚會

오늘 오후 2시에 중요한 미팅이 있습니다.

o.neul/o.hu/du.si.e/jung.yo.han/mi.ting.i/it.sseum.ni.da

今天下午2點有重要的會議。

서명하다 [動] 簽名

여기에 서명해 주십시오.

yo*.gi.e/so*.myo*ng.he*/ju.sip.ssi.o

請您在這裡簽名。

제안 [名] 提案

좋은 제안이 하나 있는데 말해도 될까요?

jo.eun/je.a.ni/ha.na/in.neun.de/mal.he*.do/dwel.ga.yo

我有個不錯的提案，我可以講嗎？

마케팅 [名] 市場行銷

마케팅 기획서는 어떻게 써야 하나요?

ma.ke.ting/gi.hwek.sso*.neun/o*.do*.ke/sso*.ya/ha.na.yo

市場行銷企畫書該如何寫？

거래처 [名] 客戶

박 팀장님은 거래처 사람을 만나러 나가셨어요.

bak/tim.jang.ni.meun/go*.re*.cho*/sa.ra.meul/man.na.ro*/na.ga.syo*.sso*.yo

朴組長出去見客戶了。

談論職場生活

情境會話一

A：새로운 직장이 어때요?
se*.ro.un/jik.jjang.i/o*.de*.yo

B：바쁘지만 월급이 많아요.
ba.beu.ji.man/wol.geu.bi/ma.na.yo

中譯一

A：新的職場怎麼樣？
B：雖然很忙，但薪水很高。

重點語法

-지만 可是

可以接在動詞、形容詞或**이다**後方，表示前後兩句子互相對立。

김치는 맵지만 맛있어요.
泡菜很辣，可是很好吃。
편지를 보냈지만 답장을 못 받았다.
寄信了，可是沒收到回信。

情境會話二

A：여기서 근무한 지 얼마나 됐어요?
yo*.gi.so*/geun.mu.han/ji/o*l.ma.na/dwe*.sso*.yo

B：여기서 근무한 지 5년 됐어요.
yo*.gi.so*/geun.mu.han/ji/o.nyo*n/dwe*.sso*.yo

中譯二

A：你在這裡工作多久了？
B：我在這裡工作有五年了。

重點語法

- (으)ㄴ지 從…至今…
接在動詞語幹後方，表示時間的經過。

여기로 이사온 지 반 년이 됐어요.
搬來這裡有半年了。
졸업한 지 얼마나 되었어요?
你畢業多久了？

應用例句

6월까지 일하고 지금은 그만 둔 상태예요.

yu.wol.ga.ji/il.ha.go/ji.geu.meun/geu.man/dun/sang.te*.ye.yo

工作一直做到六月為止，現在是辭職的狀態。

새로운 직장을 구했어요?

se*.ro.un/jik.jjang.eul/gu.he*.sso*.yo

你找到新的工作了嗎？

좋은 직장 구하는 게 쉽지 않잖아요.

jo.eun/jik.jjang/gu.ha.neun/ge/swip.jji/an.cha.na.yo

好工作不好找嘛！

예전에는 무슨 일 했었어요?

ye.jo*.ne.neun/mu.seun/il/he*.sso*.sso*.yo

以前，你做過什麼工作呢？

2년전까지 자동차 회사에서 근무했어요.

i.nyo*n.jo*n.ga.ji/ja.dong.cha/hwe.sa.e.so*/geun.mu.he*.sso*.yo

兩年前，我在汽車公司上班。

연봉은 얼마예요?

yo*n.bong.eun/o*l.ma.ye.yo

你年薪多少啊？

核心單字

돈을 벌다 [詞組] 賺錢

돈 버는 게 쉽지는 않다.

don/bo*.neun/ge/swip.jji.neun/an.ta
賺錢不容易。

보너스 [名] 獎金

연말 보너스로 명품 가방을 사고 싶어요.

yo*n.mal/bo.no*.seu.ro/myo*ng.pum/ga.bang.eul/ssa.go/si.po*.yo
我想用年終獎金買名牌包。

월급날 [名] 發薪日

오늘은 기다리고 기다리는 월급날이네요.

o.neu.reun/gi.da.ri.go/gi.da.ri.neun/wol.geum.na.ri.ne.yo
今天是我等了又等的發薪日。

휴가 [名] 休假

이번 휴가를 이용해서 일본으로 여행을 가려고 해요.

i.bo*n/hyu.ga.reul/i.yong.he*.so*/il.bo.neu.ro/yo*.he*ng.eul/ga.ryo*.go/he*.yo
我打算利用這次的休假去日本旅行。

실업 [名] 失業

나는 실업 급여를 받을 수 있을까?

na.neun/si.ro*p/geu.byo*.reul/ba.deul/ssu/i.sseul.ga
我可以領取失業津貼嗎？

上課時

情境會話一

A : 모두 왔어?
mo.du/wa.sso*

B : 선생님, 오늘 미연이는 결석이에요.
so*n.se*ng.nim//o.neul/mi.yo*.ni.neun/gyo*l.so*.gi.e.yo

中譯一

A：都來了嗎？
B：老師，今天美妍缺席。

重點語法

- 았 過去式
動詞、形容詞語幹母音是「ㅏ.ㅗ」時，接**았**。

구두를 샀습니다.
買了皮鞋。
신문을 봤어요.
看了報紙。

情境會話二

A：교과서는 다 가져 왔어? 26쪽을 펴 봐.
gyo.gwa.so*.neun/da/ga.jo*/wa.sso*//i.si.byuk.jjo.geul/pyo*/bwa

B：선생님, 저 교과서를 집에 두고 왔어요. 친구랑 같이 봐도 되죠?
so*n.se*ng.nim//jo*/gyo.gwa.so*.reul/jji.be/du.go/wa.sso*.yo//chin.gu.rang/ga.chi/bwa.do/dwe.jyo

中譯二

A：教科書都帶來了嗎？翻開第26頁。
B：老師，我教科書放在家裡，可以跟朋友一起看嗎？

重點語法

- (이)랑　和／跟
有尾音的名詞接**이랑**，無尾音的名詞接**랑**。

커피 한 잔이랑 빵 주세요.
請給我一杯咖啡和麵包。
나는 엄마랑 같이 살아요.
我和媽媽一起住。

應用例句

질문 있어요?

jil.mun/i.sso*.yo

有問題嗎？

손을 내리세요.

so.neul/ne*.ri.se.yo

請把手放下。

책을 덮으세요.

che*.geul/do*.peu.se.yo

請把書闔上。

떠들지 마세요!

do*.deul.jji/ma.se.yo

不要吵鬧。

이것은 한국어로 뭐예요?

i.go*.seun/han.gu.go*.ro/mwo.ye.yo

這個韓語怎麼說？

정답을 칠판에 써 봐요.

jo*ng.da.beul/chil.pa.ne/sso*/bwa.yo

把正解寫在黑板上。

核心單字

제시간 [名] 準時

제시간에 와 주세요.

je.si.ga.ne/wa/ju.se.yo
請你準時來。

장난하다 [動] 惡作劇、搗蛋

수업 중에 장난 하지 마!

su.o*p/jung.e/jang.nan/ha.ji/ma
上課中不要搗蛋。

변명하다 [動] 辨明、解釋

변명은 하지 마요.

byo*n.myo*ng.eun/ha.ji/ma.yo
不要找藉口。

고치다 [動] 修正、修改

틀린 것 좀 고쳐 주세요.

teul.lin/go*t/jom/go.cho*/ju.se.yo
請幫我修改錯誤的部分。

태도 [名] 態度

이 학생은 태도가 나빠요.

i/hak.sse*ng.eun/te*.do.ga/na.ba.yo
這位學生態度很差。

考試

情境會話一

A：선생님, 이번 시험 범위는 뭐예요?
so*n.se*ng.nim//i.bo*n/si.ho*m/bo*.mwi.neun/mwo.ye.yo

B：시험 범위는 제3과부터 제10과까지야. 열심히 공부해.
si.ho*m/bo*.mwi.neun/je.sam.gwa.bu.to*/je.sip.gwa.ga.ji.ya//yo*l.sim.hi/gong.bu.he*

中譯一

A：老師，這次的考試範圍是什麼？
B：考試範圍是從第三課到第十課。要認真念書！

重點語法

- 부터　從…

接在名詞後方，表示某個動作或狀態在時間上的起點。

내일부터 기말고사입니다.
明天起是期末考。
점심 시간은 언제부터예요?
午餐時間從什麼時候開始？

情境會話二

A：시험이 끝났습니다. 시험지에서 손 떼세요, 펜 놓고.
si.ho*.mi/geun.nat.sseum.ni.da//si.ho*m.ji.e.so*/son/de.se.yo//pen/no.ko

B：이거 큰 일 났네! 수학이 너무 어려웠어.
i.go*/keun/il/nan.ne//su.ha.gi/no*.mu/o*.ryo*.wo.sso*

中譯二

A：考試結束了，請把手拿開考試卷，把筆放下。
B：慘了！數學太難了。

重點語法

ㅂ不規則變化
少數幾個語幹以ㅂ結束的詞彙，遇到母音開頭的語尾時，ㅂ會變成우。

가깝다+아요
→가까우+어요→가까워요.（近）
뜨겁다+아요
→뜨거우+어요→뜨거워요.（燙）

應用例句

책상 위에 아무것도 올려 놓지 마세요.

che*k.ssang/wi.e/a.mu.go*t.do/ol.lyo*/no.chi/ma.se.yo

書桌上請不要放置任何物品。

먼저 설명을 잘 읽고 문제를 푸세요.

mo*n.jo*/so*l.myo*ng.eul/jjal/il.go/mun.je.reul/pu.se.yo

先把說明部分閱讀完後再解題。

오후에 영어 쪽지 시험이 있대요.

o.hu.e/yo*ng.o*/jjok.jji/si.ho*.mi/it.de*.yo

聽說下午有英文小考。

열심히 공부했는데 시험 결과는 안 좋았어요.

yo*l.sim.hi/gong.bu.he*n.neun.de/si.ho*m/gyo*l.gwa.neun/an/jo.a.sso*.yo

我認真讀書了，可是考試結果不理想。

이번 중간시험은 잘 봤으면 좋겠어요.

i.bo*n/jung.gan.si.ho*.meun/jal/bwa.sseu.myo*n/jo.ke.sso*.yo

希望這次的期中考可以考好。

核心單字

시험을 보다 [詞組] 考試

시험을 잘 못 봐서 엄마께 혼났어요.

si.ho*.meul/jjal/mot/bwa.so*/o*m.ma.ge/hon.na.sso*.yo

考試沒考好，被媽媽罵了。

밤을 새다 [詞組] 熬夜

어제 밤을 새서 공부했어요.

o*.je/ba.meul/sse*.so*/gong.bu.he*.sso*.yo

昨天熬夜念書了。

기말시험 [名] 期末考

다음 주부터는 기말시험이네요.

da.eum/ju.bu.to*.neun/gi.mal.ssi.ho*.mi.ne.yo

下周起就是期末考了呢！

답하다 [動] 回答

문제를 잘 읽고 답하세요.

mun.je.reul/jjal/il.go/da.pa.se.yo

先好好閱讀題目後再回答。

컨닝하다 [動] 作弊

컨닝하지 마세요.

ko*n.ning.ha.ji/ma.se.yo

請勿作弊。

在圖書館

情境會話一

A：이 책들을 빌리고 싶은데요.
i/che*k.deu.reul/bil.li.go/si.peun.de.yo

B：학생증 주세요. 이번 달 20일 전에 반납해 주세요.
hak.sse*ng.jeung/ju.se.yo//i.bo*n/dal/i.si.bil/jo*.ne/ban.na.pe*/ju.se.yo

中譯一

A：我想借這些書。
B：請給我學生證。這個月20號以前要還書。

重點語法

- 전에　在…之前
接在名詞後，表示在某個時間點之前。

반년 전에 대만에 왔어요.
半年前來到台灣。
한 시간 전에 친구를 만났어요.
一個小時前我遇到了朋友。

情境會話二

A：그 책은 지금 대출 중입니다. 예약해 드릴까요?
geu/che*.geun/ji.geum/de*.chul/jung.im.ni.da//ye.ya.ke*/deu.ril.ga.yo

B：네, 부탁합니다. 언제쯤 들어오나요?
ne//bu.ta.kam.ni.da//o*n.je.jjeum/deu.ro*.o.na.yo

中譯二

A：那本書目前出借中。要幫您預約嗎？
B：好，麻煩您了，什麼時候書會到呢？

重點語法

-쯤 大約…
接在表時間、數量的名詞之後，表示「概數」。

오후 세시쯤 만납시다.
我們下午三點左右見面吧。
책 몇 권쯤 살까요?
要買幾本書呢？

應用例句

이 책과 시디를 대출하고 싶습니다.

i/che*k.gwa/si.di.reul/de*.chul.ha.go/sip.sseum.ni.da

我想借這本書和CD。

책은 며칠 동안 빌릴 수 있어요?

che*.geun/myo*.chil/dong.an/bil.lil/su/i.sso*.yo

書可以借幾天呢？

다른 사람이 빌려 간 것 같습니다.

da.reun/sa.ra.mi/bil.lyo*/gan/go*t/gat.sseum.ni.da

好像被其他人給借走了。

책을 검색하고 싶은데 컴퓨터는 어디에 있습니까?

che*.geul/go*m.se*.ka.go/si.peun.de/ko*m.pyu.to*.neun/o*.di.e/it.sseum.ni.ga

我想檢索書籍，電腦在哪裡呢？

잡지와 신문은 도서관에서만 보실 수 있습니다.

jap.jji.wa/sin.mu.neun/do.so*.gwa.ne.so*.man/bo.sil/su/it.sseum.ni.da

雜誌和報紙只能在圖書館看。

核心單字

도서대출증 [名] 借書證

도서대출증을 만들고 싶은데요.

do.so*.de*.chul.jeung.eul/man.deul.go/si.peun.de.yo

我想辦借書證。

빌리다 [動] 借

이 책을 빌리겠습니다.

i/che*.geul/bil.li.get.sseum.ni.da

我要借這本書。

반납일 [名] 歸還日

반납일을 꼭 지켜 주세요.

ban.na.bi.reul/gok/ji.kyo*/ju.se.yo

請您遵守歸還日期。

연체료 [名] 滯納金、拖延費

연체된 책들이 있어서 연체료를 내셔야 합니다.

yo*n.che.dwen/che*k.deu.ri/i.sso*.so*/yo*n.che.ryo.reul/ne*.syo*.ya/ham.ni.da

您還有尚未歸還的書，必需繳納滯納金。

대출하다 [動] 出借

한 번에 몇 권까지 대출할 수 있나요?

han/bo*.ne/myo*t/gwon.ga.ji/de*.chul.hal/ssu/in.na.yo

一次可以借幾本書呢？

Track 121

和老師談話

情境會話一

A：선생님, 진학에 대해서 의논하고 싶은데 언제 시간이 괜찮으세요?
so*n.se*ng.nim//jin.ha.ge/de*.he*.so*/ui.non.ha.go/si.peun.de/o*n.je/si.ga.ni/gwe*n.cha.neu.se.yo

B：내일 점심 때쯤 시간 있어. 내 연구실로 와.
ne*.il/jo*m.sim/de*.jjeum/si.gan/i.sso*//ne*/yo*n.gu.sil.lo/wa

中譯一

A：老師，我想跟您討論有關升學的事，您什麼時間方便呢？

B：明天中午有時間，來我的研究室。

重點語法

-때 …的時候
接在名詞後方，表示在N的那個時間。

휴가 때 같이 낚시 하러 갈까?
休假時一起去釣魚好嗎？
크리스마스 때 스테이크를 먹고 싶다.
聖誕節時我想吃牛排。

情境會話二

A：애들아, 밖에서 놀지 말고 빨리 집에 가. 알지?
e*.deu.ra//ba.ge.so*/nol.ji/mal.go/bal.li/ji.be/ga//al.jji

B：네, 선생님, 안녕히 계세요.
ne//so*n.se*ng.nim//an.nyo*ng.hi/gye.se.yo

中譯二

A：同學們，別在外面遊蕩，快點回家。知道嗎？
B：知道了，老師再見。

重點語法

-지 말다 不要…
接在動詞語幹後方，表示「禁止」。

자지 말아요.
請勿睡覺。
떠나지 마세요.
請別離開。

應用例句

선생님, 물어볼 게 있습니다.

so*n.se*ng.nim//mu.ro*.bol/ge/it.sseum.ni.da

老師，我有問題。

장학금을 신청하고 싶은데 도와 주세요.

jang.hak.geu.meul/ssin.cho*ng.ha.go/si.peun.de/do.wa/ju.se.yo

我想申請獎學金，請幫助我。

어떻게 하면 한국어를 더 잘할 수 있을까요?

o*.do*.ke/ha.myo*n/han.gu.go*.reul/do*/jal.hal/ssu/i.sseul.ga.yo

怎麼做韓語可以說得更好呢？

이 단어 뜻을 모르겠어요.

i/da.no*/deu.seul/mo.reu.ge.sso*.yo

我不知道這個單字的意思。

숙제를 안 한 이유는 뭐야?

suk.jje.reul/an/han/i.yu.neun/mwo.ya

沒寫作業的理由是什麼？

이 단어는 어떻게 발음해야 하죠?

i/da.no*.neun/o*.do*.ke/ba.reum.he*.ya/ha.jyo

這個單字要如何發音呢？

核心單字

발표하다 [動] 發表

오늘 발표할 사람이 누구야?

o.neul/bal.pyo.hal/ssa.ra.mi/nu.gu.ya

今天要發表的人是誰？

대답하다 [動] 回答

간단하게 대답해 주세요.

gan.dan.ha.ge/de*.da.pe*/ju.se.yo

請簡單回答一下。

묻다 [動] 問

더 이상 묻지 마세요.

do*/i.sang/mut.jji/ma.se.yo

不要再問了。

예습하다 [動] 預習

내일 배울 것을 먼저 집에서 예습하세요.

ne*.il/be*.ul/go*.seul/mo*n.jo*/ji.be.so*/ye.seu.pa.se.yo

請先在家裡預習明天要學的。

복습하다 [動] 複習

오늘 배운 것을 꼭 복습하세요.

o.neul/be*.un/go*.seul/gok/bok.sseu.pa.se.yo

請一定要複習今天所學的。

談論學校生活

情境會話一

A：한국에서 한국어를 공부했을 때 어디서 살았어요?
han.gu.ge.so*/han.gu.go*.reul/gong.bu.he*.sseul/de*/o*.di.so*/sa.ra.sso*.yo

B：학교 기숙사에서 살았어요.
hak.gyo/gi.suk.ssa.e.so*/sa.ra.sso*.yo

中譯一

A：以前在韓國學韓語時，你住在哪裡？
B：我住在學校宿舍。

重點語法

-(으)ㄹ 때　…的時候
接在動詞、形容詞語幹後方，表示動作、狀態發生或持續的時間點。

주무실 때 불을 끄세요.
睡覺時，請您關燈。
날씨가 따뜻할 때 소풍을 가고 싶다.
天氣暖的時候想去郊遊。

情境會話二

A : 한국 유학 생활은 어때요?
han.guk/yu.hak/se*ng.hwa.reun/o*.de*.yo

B : 처음엔 친구가 없어서 외로웠지만 지금은 많은 친구를 사귀어서 재미있어요.
cho*.eu.men/chin.gu.ga/o*p.sso*.so*/we.ro.wot.jji.man/ji.geu.meun/ma.neun/chin.gu.reul/ssa.gwi.o*.so*/je*.mi.i.sso*.yo

中譯二

A：韓國留學生活怎麼樣？
B：一開始沒有朋友很孤單，但現在認識了很多朋友很有趣。

重點語法

ㅎ不規則變化
語幹以ㅎ結束的少數形容詞，後面遇到**아/어/여**時，尾音ㅎ會脫落，同時語幹的母音會變成**ㅐ**。

어떻다+어요→어때요　如何
이렇다+어요→이래요　這樣

應用例句

학교 부근에 기숙사가 있습니다.

hak.gyo/bu.geu.ne/gi.suk.ssa.ga/it.sseum.ni.da

學校附近有宿舍。

수업이 끝나면 보통 뭐 해요?

su.o*.bi/geun.na.myo*n/bo.tong/mwo/he*.yo

下課後，通常會做什麼呢？

지금은 졸업 논문을 준비하고 있습니다.

ji.geu.meun/jo.ro*p/non.mu.neul/jjun.bi.ha.go/it.sseum.ni.da

我現在在準備畢業論文。

이 과목은 두 학점입니다.

i/gwa.mo.geun/du/hak.jjo*.mim.ni.da

這個科目是兩學分。

담당 교수님은 매우 엄격한 분입니다.

dam.dang/gyo.su.ni.meun/me*.u/o*m.gyo*.kan/bu.nim.ni.da

負責的教授是很嚴格的人。

2년 전에 졸업했거든요.

i.nyo*n/jo*.ne/jo.ro*.pe*t.go*.deu.nyo

我兩年前就畢業了。

核心單字 II

어학 연수 [詞組] 語言研修

어학 연수를 갔다 온 경험이 있어요?

o*.hang.nyo*n.su.reul/gat.da/on/gyo*ng.ho*.mi/i.sso*.yo

你有語言研修的經驗嗎？

동아리 [名] 社團

무슨 동아리에 가입했어요?

mu.seun/dong.a.ri.e/ga.i.pe*.sso*.yo

你加入什麼社團呢？

학비 [名] 學費

본교는 성적 우수 학생에 대해 학비를 감면합니다.

bon.gyo.neun/so*ng.jo*k/u.su/hak.sse*ng.e/de*.he*/hak.bi.reul/gam.myo*n.ham.ni.da

本校設有獎學金制度，對成績優秀者減免學費。

반 친구 [詞組] 班上同學

반 친구들에게 자기소개를 해 보세요.

ban/chin.gu.deu.re.ge/ja.gi.so.ge*.reul/he*/bo.se.yo

請向班上同學自我介紹一下。

생활 한국어 회화

連韓國人都按讚的

生活韓語會話

第四章　傍晚

드디어 퇴근

시간이다!

終於到了

下班時間！

道別時

情境會話一

A：먼저 가 보겠습니다. 다시 연락 드리겠습니다.
mo*n.jo*/ga/bo.get.sseum.ni.da//da.si/yo*l.lak/deu.ri.get.sseum.ni.da

B：네, 살펴 가세요.
ne//sal.pyo*/ga.se.yo

中譯一

A：我先走了，我會再連絡您。
B：好的，請慢走。

重點語法

-겠　我會（要）做…
接在動詞語幹後方，表示說話者的意志、意願。

바이올린을 배우겠어요.
我要學小提琴。
제가 하겠어요.
我來做。

情境會話二

A：오늘은 즐거웠어요. 고마워요.
o.neu.reun/jeul.go*.wo.sso*.yo//go.ma.wo.yo

B：시간이 있으면 또 놀러 와요. 잘 가요.
si.ga.ni/i.sseu.myo*n/do/nol.lo*/wa.yo//jal/ga.yo

中譯二

A：今天很開心，謝謝。
B：有時間的話再來玩，再見！

重點語法

- 은/는
為補助助詞，用來表示句子的主題或闡述的對象。
有尾音的名詞接은，沒有尾音的名詞接는。

이것은 책입니다.
這個是書。
여동생은 귀여워요.
妹妹很可愛。

應用例句

안녕!

an.nyo*ng
拜拜！

연락하고 지냅시다.

yo*l.la.ka.go/ji.ne*p.ssi.da
保持聯絡。

이만 가봐야겠는데요.

i.man/ga.bwa.ya.gen.neun.de.yo
我該走了。

내일 여기서 봅시다. 안녕히 가세요.

ne*.il/yo*.gi.so*/bop.ssi.da//an.nyo*ng.hi/ga.se.yo
明天在這裡見吧！再見！

날씨가 추운데 집에 조심히 들어 가세요.

nal.ssi.ga/chu.un.de/ji.be/jo.sim.hi/deu.ro*/ga.se.yo
天氣冷，回家小心慢走。

벌써 열두 시야? 나 이제 가야 돼.

bo*l.sso*/yo*l.du/si.ya//na/i.je/ga.ya/dwe*
已經十二點了嗎？我得走了。

核心單字

나오다 [動] 出來

나오지 마세요.

na.o.ji/ma.se.yo
不用送了，請留步。

헤어지다 [動] 分開、分手

우리 헤어지자.

u.ri/he.o*.ji.ja
我們分手吧。

만나다 [動] 見面

나중에 다시 만났으면 좋겠어요.

na.jung.e/da.si/man.na.sseu.myo*n/jo.ke.sso*.yo
希望以後還能再見面。

실례하다 [動] 失禮、失陪

이만 실례하겠습니다.

i.man/sil.lye.ha.get.sseum.ni.da
我先失陪了。

계시다 [動] 在（**있다**的敬語）

안녕히 계세요.

an.nyo*ng.hi/gye.se.yo
再見！（向留在原地的人說）

提議一同用餐

情境會話一

A：배 안 고파? 같이 뭐 좀 먹으러 가자.
be*/an/go.pa//ga.chi/mwo/jom/mo*.geu.ro*/ga.ja

B：좀 출출하긴 하네. 날씨도 추운데 따뜻한 걸 먹자.
jom/chul.chul.ha.gin/ha.ne//nal.ssi.do/chu.un.de/da.deu.tan/go*l/mo*k.jja

中譯一

A：肚子不餓嗎？一起去吃點什麼吧！
B：是有點餓了，天氣也冷，我們吃點熱的東西吧！

重點語法

- 자　一起…吧
接在動詞語幹後方，表向對方提出建議或邀請他人一起做某事。
為**(으)ㅂ시다**的半語型態。

같이 먹자.
一起吃吧。
집에 가자.
我們回家吧。

情境會話二

A : 이 지방의 명물요리를 먹고 싶어요.
i/ji.bang.ui/myo*ng.mu.ryo.ri.reul/mo*k.go/si.po*.yo

B : 그럼 우리 집 근처로 와요. 맛있는 집이 많아요.
geu.ro*m/u.ri/jip/geun.cho*.ro/wa.yo//ma.sin.neun/ji.bi/ma.na.yo

中譯二

A：我想吃這地方的特色菜。
B：那來我家附近吧！有很多好吃的店。

重點語法

- 의 …的…

為所有格的用法，接在名詞後方。發音時要念成「**에**」。

이분은 저의 동료입니다.
這位是我的同事。
이건 누구의 볼펜이야?
這個是誰的原子筆？

應用例句

싸고 맛있는 집이 있어요?

ssa.go/ma.sin.neun/ji.bi/i.sso*.yo

有便宜又好吃的店嗎？

이 근처에 한식집이 있습니까?

i/geun.cho*.e/han.sik.jji.bi/it.sseum.ni.ga

這附近有韓式料理店嗎？

저녁에는 초밥을 먹으러 갈까요?

jo*.nyo*.ge.neun/cho.ba.beul/mo*.geu.ro*/gal.ga.yo

晚上要不要去吃生魚片壽司呢？

중국집에 가서 짜장면과 탕수육을 먹읍시다.

jung.guk.jji.be/ga.so*/jja.jang.myo*n.gwa/tang.su.yu.geul/mo*.geup.ssi.da

我們去中式料理店吃炸醬麵和糖醋肉吧。

갑자기 부대찌개를 먹고 싶네요.

gap.jja.gi/bu.de*.jji.ge*.reul/mo*k.go/sim.ne.yo

突然好想吃部隊鍋喔！

떡볶이를 먹을래요? 바로 앞에 분식집 하나 있어요.

do*k.bo.gi.reul/mo*.geul.le*.yo//ba.ro/a.pe/bun.sik.jjip/ha.na/i.sso*.yo

要不要吃辣炒年糕，前面有一家麵店。

核心單字

아침 [名] 早上、早餐

아침 식사는 드셨나요?

a.chim/sik.ssa.neun/deu.syo*n.na.yo
您吃早點了嗎？

점심 [名] 中午、午餐

벌써 점심 시간이네. 맛있는 걸 먹자!

bo*l.sso*/jo*m.sim/si.ga.ni.ne//ma.sin.neun/go*l/mo*k.jja
已經是午餐時間了呢！吃點好吃的東西吧！

저녁 [名] 晚上、晚餐

저녁에 뭘 먹었어요?

jo*.nyo*.ge/mwol/mo*.go*.sso*.yo
晚上你吃了什麼呢？

음식 [名] 食物、飲食

한국 음식을 먹어 본 적 있으세요?

han.guk/eum.si.geul/mo*.go*/bon/jo*k/i.sseu.se.yo
你有吃過韓國菜嗎？

간식 [名] 零食、零嘴

아까 간식을 너무 많이 먹어서 배불러요.

a.ga/gan.si.geul/no*.mu/ma.ni/mo*.go*.so*/be*.bul.lo*.yo
剛才吃太多零食，吃飽了。

餐館發生的問題

情境會話一

A：이건 제가 주문한 게 아닌데요.
i.go*n/je.ga/ju.mun.han/ge/a.nin.de.yo

B：짜장면을 안 시키셨나요?
jja.jang.myo*.neul/an/si.ki.syo*n.na.yo

A：짜장면 말고 짬뽕을 시켰는데요.
jja.jang.myo*n/mal.go/jjam.bong.eul/ssi.kyo*n.neun.de.yo

中譯一

A：這不是我點的。
B：您沒有點炸醬麵嗎？
A：我不是點炸醬麵是點炒馬麵。

情境會話二

A : 제가 주문한 게 아직 안 됐나요?
je.ga/ju.mun.han/ge/a.jik/an/dwe*n.na.yo

B : 뭘 주문하셨습니까?
mwol/ju.mun.ha.syo*t.sseum.ni.ga

A : 30분 전에 불고기 정식을 주문했는데 아직 안 나왔어요.
sam.sip.bun/jo*.ne/bul.go.gi/jo*ng.si.geul/jju.mun.he*n.neun.de/a.jik/an/na.wa.sso*.yo

B : 너무 죄송합니다. 바로 확인해 드릴게요.
no*.mu/jwe.song.ham.ni.da//ba.ro/hwa.gin.he*/deu.ril.ge.yo

A：我點的還沒好嗎？
B：您點了什麼呢？
A：三十分鐘前我點了烤肉定食，還沒送來。
B：真的非常抱歉，我馬上幫您確認。

應用例句

고기가 덜 익었는데요.

go.gi.ga/do*l/i.go*n.neun.de.yo
肉還沒熟。

고기 만두를 시켰는데 김치 만두가 나왔어요.

go.gi/man.du.reul/ssi.kyo*n.neun.de/gim.chi/man.du.ga/na.wa.sso*.yo
我點了鮮肉水餃，結果拿到泡菜水餃。

생선 맛이 좀 이상합니다.

se*ng.so*n/ma.si/jom/i.sang.ham.ni.da
魚的味道有點奇怪。

스프가 식었어요. 다시 해 주세요.

seu.peu.ga/si.go*.sso*.yo//da.si/he*/ju.se.yo
湯冷了，請再熱一次。

딸기 주스에 이상한 게 들어있는데요.

dal.gi/ju.seu.e/i.sang.han/ge/deu.ro*.in.neun.de.yo
草莓果汁裡有奇怪的東西。

저기요. 밥이 다 식었는데 다시 가져다 주실래요?

jo*.gi.yo//ba.bi/da/si.go*n.neun.de/da.si/ga.jo*.da/ju.sil.le*.yo
服務生，我的飯都冷了，可以換一碗嗎？

核心單字

바꾸다 [動] 更換

죄송합니다. 바꿔 드릴게요.

jwe.song.ham.ni.da//ba.gwo/deu.ril.ge.yo
對不起，我幫您換掉。

냄새 [名] 味道

이건 냄새가 좀 이상해요.

i.go*n/ne*m.se*.ga/jom/i.sang.he*.yo
這個味道有點奇怪。

질기다 [形] 韌、硬

고기가 질긴 게 싫어요.

go.gi.ga/jil.gin/ge/si.ro*.yo
我不喜歡肉是硬的。

짜다 [形] 鹹

음식이 너무 짭니다. 너무 짠 것은 안 좋아해요.

eum.si.gi/no*.mu/jjam.ni.da//no*.mu/jjan/go*.seun/an/jo.a.he*.yo
菜太鹹了，我不喜歡太鹹的食物。

입맛 [名] 口味、口感

이건 내 입맛에 안 맞아요.

i.go*n/ne*/im.ma.se/an/ma.ja.yo
這個不合我的口味。

用餐服務

情境會話一

A：남은 음식은 가져 가도 될까요?
na.meun/eum.si.geun/ga.jo*/ga.do/dwel.ga.yo

B：예, 포장해 드리겠습니다.
ye//po.jang.he*/deu.ri.get.sseum.ni.da

中譯一

A：我可以打包吃剩的食物嗎？
B：可以，我幫您打包。

重點語法

-(으)ㄴ N　…的…（過去型）
接在動詞語幹後方，用來修飾後面出現的名詞。

방금 산 물건
剛才買的東西
아침에 읽은 책
早上讀的書

情境會話二

A : 여기 소주 한 병 주문해도 돼요?
yo*.gi/so.ju/han/byo*ng/ju.mun.he*.do/dwe*.yo

B : 소주 한 병이요? 네.
so.ju/han/byo*ng.i.yo//ne

中譯二

A：這裡可以點一瓶燒酒嗎？
B：一瓶燒酒嗎？好的。

重點語法

- 아/어도 되다　可以
接在動詞、形容詞語幹後方，表示允許或許可。

화장실에 가도 돼요.
可以去化妝室。
이렇게 쉬워도 돼요?
可以這麼簡單嗎？

應用例句

식탁 좀 치워 주세요.
sik.tak/jom/chi.wo/ju.se.yo
請幫我清理桌子。

반찬 더 주시겠어요?
ban.chan/do*/ju.si.ge.sso*.yo
可以再給我點小菜嗎？

냅킨을 주세요.
ne*p.ki.neul/jju.se.yo
請給我餐巾紙。

재떨이를 주세요.
je*.do*.ri.reul/jju.se.yo
請給我菸灰缸。

후춧가루 좀 갖다 주시겠어요?
hu.chut.ga.ru/jom/gat.da/ju.si.ge.sso*.yo
可以拿胡椒粉給我嗎？

메뉴 다시 갖다 주시겠어요?
me.nyu/da.si/gat.da/ju.si.ge.sso*.yo
可以再拿菜單給我看嗎？

核心單字

접시 [名] 碟子

접시 하나 더 주시겠어요?

jo*p.ssi/ha.na/do*/ju.si.ge.sso*.yo
可以再給我一個碟子嗎？

젓가락 [名] 筷子

젓가락 좀 바꿔 주세요.

jo*t.ga.rak/jom/ba.gwo/ju.se.yo
請幫我換雙筷子。

나이프 [名] 刀子

한 사람이 나이프에 찔렀다.

han/sa.ra.mi/na.i.peu.e/jjil.lo*t.da
一個人被刀子刺傷了。

티슈 [名] 衛生紙、紙巾

티슈로 눈물을 닦았어요.

ti.syu.ro/nun.mu.reul/da.ga.sso*.yo
用衛生紙擦了眼淚。

싸다 [動] 打包、包裝

남은 음식을 좀 싸 주세요.

na.meun/eum.si.geul/jjom/ssa/ju.se.yo
請幫我把剩下的食物打包起來。

評價料理

情境會話一

A：맛있어?
ma.si.sso*

B：맛있는데 좀 매워요.
ma.sin.neun.de/jom/me*.wo.yo

A：내 거 먹어 봐. 안 매워.
ne*/go*/mo*.go*/bwa//an/me*.wo

B：언니 거도 맛있네요.
o*n.ni/go*.do/ma.sin.ne.yo

中譯一

A：好吃嗎？
B：好吃，但有點辣。
A：吃看看我的，不辣。
B：姊姊你的也很好吃呢！

情境會話二

A：맛이 어때요?
ma.si/o*.de*.yo

B：맛없어요.
ma.do*p.sso*.yo

A：왜요? 이런 거 좋아하잖아요.
we*.yo//i.ro*n/go*/jo.a.ha.ja.na.yo

B：이 국은 너무 짜요.
i/gu.geun/no*.mu/jja.yo

中譯二

A：味道怎麼樣？
B：不好吃。
A：為什麼？你不是喜歡這種？
B：這個湯太鹹了。

應用例句

맛있겠다!

ma.sit.get.da

看起來好好吃！

생각보다 맛있네요.

se*ng.gak.bo.da/ma.sin.ne.yo

比想像中要好吃。

아주 맛있는데요.

a.ju/ma.sin.neun.de.yo

很好吃喔！

맛이 싱거워요.

ma.si/sing.go*.wo.yo

味道很清淡。

맛은 있지만 기름기가 많아요.

ma.seun/it.jji.man/gi.reum.gi.ga/ma.na.yo

好吃，但是很油。

언니가 만든 떡볶이는 먹을 만해요.

o*n.ni.ga/man.deun/do*k.bo.gi.neun/mo*.geul/man.he*.yo

姊姊煮得辣炒年糕還算不錯。

核心單字

냄새를 맡다 [詞組] 聞味道

냄새를 맡지 못해요.

ne*m.se*.reul/mat.jji/mo.te*.yo
聞不到味道。

군침이 돌다 [詞組] 流口水

생각만으로도 군침이 도네요.

se*ng.gang.ma.neu.ro.do/gun.chi.mi/do.ne.yo
光是想像就流口水了。

담백하다 [形] 清淡

음식 맛이 담백해서 좋아요.

eum.sik/ma.si/dam.be*.ke*.so*/jo.a.yo
食物的味道很清淡，我喜歡。

시다 [形] 酸

신 맛이 좋아요.

sin/ma.si/jo.a.yo
我喜歡酸的味道。

별로 [副] 不太、不怎麼

별로 맛없어요.

byo*l.lo/ma.do*p.sso*.yo
不怎麼好吃。

請客

情境會話一

A：이건 제가 내겠어요.
i.go*n/je.ga/ne*.ge.sso*.yo

B：고맙습니다. 다음에 식사 대접할게요.
go.map.sseum.ni.da//da.eu.me/sik.ssa/de*.jo*.pal.ge.yo

A：그러실 필요까지 없습니다.
geu.ro*.sil/pi.ryo.ga.ji/o*p.sseum.ni.da

中譯一

A：這個我來付。
B：謝謝，下次我請你吃飯。
A：你太見外了。

重點語法

이건 這個
為**이것**（這個）+助詞**은**的縮寫用法。

情境會話二

A：오늘 저녁은 내가 살게요. 뭐 먹고 싶은 거 있어요?
o.neul/jjo*.nyo*.geun/ne*.ga/sal.ge.yo//mwo/mo*k.go/si.peun/go*/i.sso*.yo

B：해물파전이요. 막걸리도 한 잔 하고 싶어요.
he*.mul.pa.jo*.ni.yo//mak.go*l.li.do/han/jan/ha.go/si.po*.yo

A：오케이, 파전집에 가자.
o.ke.i//pa.jo*n.ji.be/ga.ja

B：정말요? 고마워요.
jo*ng.ma.ryo//go.ma.wo.yo

中譯二

A：今天晚餐我請客。有什麼想吃的嗎？
B：海鮮煎餅，也想喝杯米酒。
A：OK，我們去煎餅店吧。
B：真的嗎？謝謝。

情境會話三

A：영화가 재미있군요. 여주인공도 예뻐요.
yo*ng.hwa.ga/je*.mi.it.gu.nyo//yo*.ju.in.gong.do/ye.bo*.yo

B：여주인공은 지금 미국에서 유명하잖아요.
yo*.ju.in.gong.eun/ji.geum/mi.gu.ge.so*/yu.myo*ng.ha.ja.na.yo

A：아, 영화표 값을 아직 안 줬네요. 얼마 줘야 되죠?
a//yo*ng.hwa.pyo/gap.sseul/a.jik/an/jwon.ne.yo//o*l.ma/jwo.ya/dwe.jyo

B：됐어요. 대신 오늘 저녁이나 사요.
dwe*.sso*.yo//de*.sin/o.neul/jjo*.nyo*.gi.na/sa.yo

A：그건 문제 없죠. 비싼 걸로 먹읍시다.
geu.go*n/mun.je/o*p.jjyo//bi.ssan/go*l.lo/mo*.geup.ssi.da

中譯三

A：電影很好看耶！女主角也很漂亮。
B：女主角現在在美國很出名嘛！
A：啊！電影票錢還沒給你，要給你多少？
B：不用了，今天請我吃晚餐就好。
A：那當然沒問題。我們吃貴一點的吧！

核心單字

대접하다 [動] 招待、款待

오늘 점심은 제가 대접할게요.

o.neul/jjo*m.si.meun/je.ga/de*.jo*.pal.ge.yo

今天午餐我請。

이차 [名] 第二次

그럼 2차는 내가 낼게요.

geu.ro*m/i.cha.neun/ne*.ga/ne*l.ge.yo

那下一攤我出錢。

한턱을 내다 [詞組] 請客

이번은 내가 한턱 낼게요.

i.bo*.neun/ne*.ga/han.to*k/ne*l.ge.yo

這次我請客。

따로따로 [副] 各自、另外

따로따로 내겠습니다.

da.ro.da.ro/ne*.get.sseum.ni.da

各自付款。

밥을 사다 [詞組] 買飯

밥 사 주세요.

bap/sa/ju.se.yo

請我吃飯。

提出邀約

情境會話一

A：수연 씨, 퇴근 후에 나랑 같이 저녁 먹을래요?
su.yo*n/ssi//twe.geun/hu.e/na.rang/ga.chi/jo*.nyo*k/mo*.geul.le*.yo

B：그러고 싶은데 오늘 좀 늦게 퇴근할 수도 있어요.
geu.ro*.go/si.peun.de/o.neul/jjom/neut.ge/twe.geun.hal/ssu.do/i.sso*.yo

A：괜찮아요. 몇 시쯤 끝날 것 같아요? 기다릴게요.
gwe*n.cha.na.yo//myo*t/si.jjeum/geun.nal/go*t/ga.ta.yo//gi.da.ril.ge.yo

中譯一

A：秀妍，下班後要不要跟我一起吃晚餐？
B：我也想那樣，但是今天可能會比較晚下班。
A：沒關係，大概幾點結束呢？我等你。

情境會話二

A : 주말에 시간이 괜찮으면 우리 집에 놀러 올래요?
ju.ma.re/si.ga.ni/gwe*n.cha.neu.myo*n/u.ri/ji.be/nol.lo*/ol.le*.yo

B : 주말에 쉬어요. 아. 얼마 전에 이사 간 걸 들었어요. 새집은 넓어요?
ju.ma.re/swi.o*.yo//a//o*l.ma/jo*.ne/i.sa/gan/go*l/deu.ro*.sso*.yo//se*.ji.beun/no*p.o*.yo

A : 직접 와서 구경해 봐요. 맛있는 것도 준비할게요.
jik.jjo*p/wa.so*/gu.gyo*ng.he*/bwa.yo//ma.sin.neun/go*t.do/jun.bi.hal.ge.yo

B : 고마워요. 꼭 갈게요.
go.ma.wo.yo//gok/gal.ge.yo

A : 이건 우리 집 주소예요. 점심 때쯤 와요.
i.go*n/u.ri/jip/ju.so.ye.yo//jo*m.sim/de*.jjeum/wa.yo

中譯二

A：週末有時間的話，要不要來我家玩？

B：我週末休息。啊～有聽說不久前你搬家了。新家大嗎？

A：你親自來參觀吧！我會準備好吃的東西。

B：謝謝，我一定去。

A：這是我家地址，你中午時過來吧。

應用例句

언제 시간이 나세요?

o*n.je/si.ga.ni/na.se.yo

你什麼時候有空？

이번 수요일에 영화 보러 가는 게 어때요?

i.bo*n/su.yo.i.re/yo*ng.hwa/bo.ro*/ga.neun/ge/o*.de*.yo

這週三一起去看電影如何？

이번 주말에 무엇을 할 거예요?

i.bo*n/ju.ma.re/mu.o*.seul/hal/go*.ye.yo

這個週末你要做什麼？

미안하지만, 갈 수 없을 것 같아요.

mi.an.ha.ji.man//gal/ssu/o*p.sseul/go*t/ga.ta.yo

對不起，我好像不能去。

죄송합니다만, 다른 약속이 있어서요.

jwe.song.ham.ni.da.man//da.reun/yak.sso.gi/i.sso*.so*.yo

對不起，我有約了。

그러고 싶지만, 그럴 수 없어요.

geu.ro*.go/sip.jji.man//geu.ro*l/su/o*p.sso*.yo

我也想但是沒辦法。

核心單字

공연 [名] 公演、表演

저녁에 나와 함께 공연 보러 갈래요?

jo*.nyo*.ge/na.wa/ham.ge/gong.yo*n/bo.ro*/gal.le*.yo

晚上要不要跟我一起去看表演？

같이 가다 [詞組] 一起去

우리 내일 바다에 갈 거야. 너도 같이 갈래?

u.ri/ne*.il/ba.da.e/gal/go*.ya//no*.do/ga.chi/gal.le*

我們明天要去海邊，你要不要也一起去？

만나다 [動] 見面

다음 목요일 밤에 만날 수 있을까요?

da.eum/mo.gyo.il/ba.me/man.nal/ssu/i.sseul.ga.yo

下週四晚上可以見面嗎？

언제 [副] 何時、什麼時候

언제 한 번 만나자.

o*n.je/han/bo*n/man.na.ja

我們找時間見個面吧！

장소 [名] 場所

내가 장소를 정할게요.

ne*.ga/jang.so.reul/jjo*ng.hal.ge.yo

我來決定場所。

搭地鐵

情境會話一

A：근처에 가장 가까운 지하철 역은 어디에 있어요?
geun.cho*.e/ga.jang/ga.ga.un/ji.ha.cho*l/yo*.geun/o*.di.e/i.sso*.yo

B：하나 병원을 아세요? 지하철 역은 바로 병원 옆에 있어요.
ha.na/byo*ng.wo.neul/a.se.yo//ji.ha.cho*l/yo*.geun/ba.ro/byo*ng.won/yo*.pe/i.sso*.yo

中譯一

A：離這裡最近的地鐵站在哪裡？
B：你知道第一醫院嗎？地鐵站就在醫院旁邊。

重點語法

ㄹ不規則變化
詞幹以ㄹ結束的動詞、形容詞，後面遇到以ㄴ、ㅂ、ㅅ開頭的語尾時，ㄹ會脫落。後面遇到으開頭的語尾時，으會脫落。

살다+습니다
→사+ㅂ니다→삽니다（住）
살다+으려고→살려고（想住）

情境會話二

A：신촌으로 가려면 몇 호선을 타야 합니까?
sin.cho.neu.ro/ga.ryo*.myo*n/myo*t/ho.so*.neul/ta.ya/ham.ni.ga

B：이호선을 타세요.
i.ho.so*.neul/ta.se.yo

中譯二

A：去新村應該搭幾號線？
B：請你搭二號線。

重點語法

- (으)려면　想…的話
接在動詞語幹後方，表示假設有某一計畫或意圖。

약사가 되려면 자격증이 필요해.
若想當藥劑師就需要資格證。
교수님을 만나려면 바로 와야 해요.
若你想見教授就要馬上過來。

情境會話三

A : 이 노선은 용산으로 갑니까?
i/no.so*.neun/yong.sa.neu.ro/gam.ni.ga

B : 용산으로 안 갑니다. 일호선을 타세요.
yong.sa.neu.ro/an/gam.ni.da//il.ho.so*.neul/ta.se.yo

中譯三

A：這條線會到龍山嗎？
B：不會到龍山，請你搭一號線。

情境會話四

A : 광화문까지는 몇 정거장 가야합니까?
gwang.hwa.mun.ga.ji.neun/myo*t/jo*ng.go*.jang/ga.ya.ham.ni.ga

B : 네 정거장 가셔야 합니다.
ne/jo*ng.go*.jang/ga.syo*.ya/ham.ni.da

中譯四

A：到光化門還要幾站？
B：還要四站。

核心單字

노선도 [名] 路線圖

어디서 지하철 노선도를 얻을 수 있어요?

o*.di.so*/ji.ha.cho*l/no.so*n.do.reul/o*.deul/ssu/i.sso*.yo

哪裡可以領取地鐵路線圖？

자동매표기 [名] 自動售票機

자동매표기는 어디에 있어요?

ja.dong.me*.pyo.gi.neun/o*.di.e/i.sso*.yo

自動售票機在哪裡？

갈아타다 [動] 換車

갈아타야 합니까?

ga.ra.ta.ya/ham.ni.ga

必須換車嗎？

비키다 [動] 讓開、避開

내리겠습니다. 비켜 주세요.

ne*.ri.get.sseum.ni.da//bi.kyo*/ju.se.yo

我要下車，請讓一下。

역 [名] 車站

아직 역이 몇 개 남았어요?

a.jik/yo*.gi/myo*t/ge*/na.ma.sso*.yo

還有幾站？

생활 한국어 회화

連韓國人都按讚的

生活韓語會話

술 한 잔 할까요?

要不要一起喝杯酒？

晚上道別時

情境會話一

A：그럼, 내일 회사에서 봅시다.
geu.ro*m//ne*.il/hwe.sa.e.so*/bop.ssi.da

B：네, 안녕히 가세요.
ne//an.nyo*ng.hi/ga.se.yo

中譯一

A：那我們明天公司見囉！
B：好的，再見。

重點語法

그럼（那麼）　為그러면的略語
可以使用在下面兩種情況
1前面的內容可以成為後面內容的條件時
2接受前方的內容，或是以前方內容為前提，提出新的主張時

A：회사에 늦었어.
B：그럼 택시 타요.
A：上班遲到了。
B：那搭計程車吧。

情境會話二

A：대접해 주셔서 고마워요. 요리는 아주 맛있었어요.
de*.jo*.pe*/ju.syo*.so*/go.ma.wo.yo//yo.ri.neun/a.ju/ma.si.sso*.sso*.yo

B：다시 기회가 되면 다시 놀러 와요.
da.si/gi.hwe.ga/dwe.myo*n/da.si/nol.lo*/wa.yo

A：꼭 그럴게요. 너무 늦었네요. 가봐야 되겠어요.
gok/geu.ro*l.ge.yo//no*.mu/neu.jo*n.ne.yo//ga.bwa.ya/dwe.ge.sso*.yo

B：지하철 역까지 바래다 줄게요.
ji.ha.cho*l/yo*k.ga.ji/ba.re*.da/jul.ge.yo

A：아닙니다. 나오지 마세요.
a.nim.ni.da//na.o.ji/ma.se.yo

中譯二

A：謝謝你的招待，料理很美味。
B：如果還有機會再來玩。
A：一定會的。太晚了，我該走了。
B：我送你到地鐵站。
A：不用送我，請留步。

情境會話三

A : 이렇게 다시 만나서 정말 기뻐요.
i.ro*.ke/da.si/man.na.so*/jo*ng.mal/gi.bo*.yo

B : 나도요. 앞으로 가끔씩은 서로 만났으면 하는데.
na.do.yo//a.peu.ro/ga.geum.ssi.geun/so*.ro/man.na.sseu.myo*n/ha.neun.de

A : 좋은 생각이네요. 우리 연락하고 지냅시다.
jo.eun/se*ng.ga.gi.ne.yo//u.ri/yo*l.la.ka.go/ji.ne*p.ssi.da

B : 이게 내 전화 번호예요. 이 번호로 연락해요.
i.ge/ne*/jo*n.hwa/bo*n.ho.ye.yo//i/bo*n.ho.ro/yo*l.la.ke*.yo

A : 네, 연락할게요.
ne//yo*l.la.kal.ge.yo

中譯三

A：很高興這樣再次見面。
B：我也是。希望以後可以偶爾見見面。
A：不錯的想法，我們保持聯絡吧。
B：這是我的電話號碼，用這個號碼跟我聯絡吧。
A：好，我會連絡你。

核心單字

가끔 [副] 時常

가끔 전화 주세요.

ga.geum/jo*n.hwa/ju.se.yo
請常打電話過來。

연락하다 [動] 聯絡

다시 연락하겠습니다.

da.si/yo*l.la.ka.get.sseum.ni.da
我會再連絡您。

조심하다 [動] 小心

조심해 가세요.

jo.sim.he*/ga.se.yo
請小心慢走。

도착하다 [動] 抵達

도착하면 전화 주세요.

do.cha.ka.myo*n/jo*n.hwa/ju.se.yo
到了以後打電話給我。

얘기하다 [動] 聊天、講話

다음에 다시 얘기해요.

da.eu.me/da.si/ye*.gi.he*.yo
我們下次再聊吧。

喝酒

情境會話一

A : 한 잔 더 하시겠어요?
han/jan/do*/ha.si.ge.sso*.yo

B : 아닙니다. 벌써 취했어요.
a.nim.ni.da//bo*l.sso*/chwi.he*.sso*.yo

中譯一

A：你要再喝一杯嗎？
B：不，我已經醉了。

重點語法

- 였 過去式
接在**하다**類的動詞、形容詞後方，語幹**하였**會變成**했**。

오빠가 퇴근했어요.
哥哥下班了。
바람이 시원했어요.
風很涼爽。

情境會話二

A：맥주 시킬까요?
me*k.jju/si.kil.ga.yo

B：좋아요. 치킨도 시킵시다.
jo.a.yo//chi.kin.do/si.kip.ssi.da

中譯二

A：要點啤酒嗎？
B：好阿，炸雞也點吧。

情境會話三

A：술을 좋아해요?
su.reul/jjo.a.he*.yo

B：네, 특히 막걸리를 좋아해요.
ne//teu.ki/mak.go*l.li.reul/jjo.a.he*.yo

中譯三

A：你喜歡喝酒嗎？
B：喜歡，我特別喜歡米酒。

情境會話四

A：술 한 잔 하자.
sul/han/jan/ha.ja

B：좋아. 포장마차로 가자.
jo.a//po.jang.ma.cha.ro/ga.ja

中譯四

A：我們去喝一杯吧！
B：好，去路邊攤喝吧。

情境會話五

A：건배합시다.
go*n.be*.hap.ssi.da

B：건배! 우리의 우정을 위하여!
go*n.be*//u.ri.ui/u.jo*ng.eul/wi.ha.yo*

中譯五

A：我們一起乾杯。
B：乾杯！為了我們的友情。

情境會話六

A：우선 소주 두 병이랑 컵 두 개 주세요.
u.so*n/so.ju/du/byo*ng.i.rang/ko*p/du/ge*/ju.se.yo

B：안주는 뭘로 드릴까요?
an.ju.neun/mwol.lo/deu.ril.ga.yo

A：아무거나 주세요.
a.mu.go*.na/ju.se.yo

B：네, 잠시만 기다리세요.
ne//jam.si.man/gi.da.ri.se.yo

中譯六

A：先給我兩瓶燒酒和兩個杯子。
B：下酒菜要什麼？
A：都可以。
B：好的，請稍等。

應用例句

한 잔 어때요?

han/jan/o*.de*.yo

一起喝一杯如何？

생맥주가 있습니까?

se*ng.me*k.jju.ga/it.sseum.ni.ga

有生啤酒嗎？

맥주 큰 걸로 주세요.

me*k.jju/keun/go*l.lo/ju.se.yo

請給我大杯的啤酒。

육포 있어요?

yuk.po/i.sso*.yo

有肉乾嗎？

나는 술을 마시지 않아요.

na.neun/su.reul/ma.si.ji/a.na.yo

我不喝酒。

우리 마시면서 얘기 나눠요.

u.ri/ma.si.myo*n.so*/ye*.gi/na.nwo.yo

我們邊喝邊聊吧！

核心單字

취하다 [動] 醉

난 이미 취했어요. 집에 갈래요.

nan/i.mi/chwi.he*.sso*.yo//ji.be/gal.le*.yo
我已經醉了，我要回家了。

술집 [名] 居酒屋

회사 앞 술집에서 동료와 만나기로 했어요.

hwe.sa/ap/sul.ji.be.so*/dong.nyo.wa/man.na.gi.ro/he*.sso*.yo
和同事約好在公司前面的居酒屋見面。

안주 [名] 下酒菜

안주는 해물파전이랑 계란찜으로 주세요.

an.ju.neun/he*.mul.pa.jo*.ni.rang/gye.ran.jji.meu.ro/ju.se.yo
下酒菜請給我海鮮煎餅和蒸蛋。

병 [量] （一）瓶

나는 어젯밤에 소주 두 병을 마셨어요.

na.neun/o*.jet.ba.me/so.ju/du/byo*ng.eul/ma.syo*.sso*.yo
我昨天晚上喝了兩瓶燒酒。

술꾼 [名] 酒鬼

친구들이 나보고 술꾼이라고 해요.

chin.gu.deu.ri/na.bo.go/sul.gu.ni.ra.go/he*.yo
朋友都叫我酒鬼。

在KTV

情境會話一

A : 밤에 노래방에 갈까요?
ba.me/no.re*.bang.e/gal.ga.yo

B : 좋죠. 가 본 적이 없어서 꼭 한 번 가 보고 싶었어요.
jo.chyo//ga/bon/jo*.gi/o*p.sso*.so*/gok/han/bo*n/ga/bo.go/si.po*.sso*.yo

A : 그럼 밤 10시에 다시 여기서 만납시다.
geu.ro*m/bam/yo*l.si.e/da.si/yo*.gi.so*/man.nap.ssi.da

中譯一

A：晚上要不要去KTV？
B：好啊！我沒去過，一直很想去看看。
A：那晚上十點在這裡見面吧！

情境會話二

A : 내가 먼저 노래를 부를게요.
ne*.ga/mo*n.jo*/no.re*.reul/bu.reul.ge.yo

B : 와, 목소리가 좋네. 한 곡 더 불러 봐.
wa//mok.sso.ri.ga/jon.ne//han/gok/do*/bul.lo*/bwa

A : 아니에요. 이제 오빠 차례예요.
a.ni.e.yo//i.je/o.ba/cha.rye.ye.yo

A : 나 진짜 노래 못 하는데.
na/jin.jja/no.re*/mot/ha.neun.de

中譯二

A：我先唱。
B：哇！聲音很棒耶！再唱一首。
A：不了，現在換哥哥你了。
B：我真的不會唱歌耶！

情境會話三

A：여기 한 시간은 얼마예요?
yo*.gi/han/si.ga.neun/o*l.ma.ye.yo

B：시간당 2만원입니다.
si.gan.dang/i.ma.nwo.nim.ni.da

中譯三

A：這裡一個小時多少錢？
B：一個小時2萬韓元。

情境會話四

A：한국 노래를 좋아해요?
han.guk/no.re*.reul/jjo.a.he*.yo

B：좋아하지만 부를 줄 몰라요.
jjo.a.ha.ji.man/bu.reul/jjul/mol.la.yo

中譯四

A：你喜歡韓文歌嗎？
B：喜歡，但是不會唱。

核心單字

마이크 [名] 麥克風

마이크 음량이 너무 높은 것 같아요.

ma.i.keu/eum.nyang.i/no*.mu/no.peun/go*t/ga.ta.yo

麥克風音量好像太大聲了。

가사 [名] 歌詞

가사가 너무 빨라요. 따라 부를 수가 없어요.

ga.sa.ga/no*.mu/bal.la.yo//da.ra/bu.reul/ssu.ga/o*p.sso*.yo

歌詞太快了，我跟不上。

노래방 [名] 練歌房、KTV

노래방에 가 본 적이 있어요?

no.re*.bang.e/ga/bon/jo*.gi/i.sso*.yo

你有去過練歌房嗎？

노래하다 [動] 唱歌

한국 사람들은 노래방에서 노래하는 걸 좋아해요.

han.guk/sa.ram.deu.reun/no.re*.bang.e.so*/no.re*.ha.neun/go*l/jo.a.he*.yo

韓國人喜歡在練歌房唱歌。

노래를 부르다 [詞組] 唱歌

노래 부르는 것을 좋아합니까?

no.re*/bu.reu.neun/go*.seul/jjo.a.ham.ni.ga

你喜歡唱歌嗎？

在美髮廳

情境會話一

A : 머리를 어떻게 해 드릴까요?
mo*.ri.reul/o*.do*.ke/he*/deu.ril.ga.yo

B : 머리 염색을 하고 싶어요.
mo*.ri/yo*m.se*.geul/ha.go/si.po*.yo

A : 염색 색상표가 여기 있습니다. 골라 보세요.
yo*m.se*k/se*k.ssang.pyo.ga/yo*.gi/it.sseum.ni.da//gol.la/bo.se.yo

中譯一

A：要幫您用什麼髮型？
B：我想染髮。
A：顏色表在這裡，你選選看。

情境會話二

A : 머리를 잘라 주세요.
mo*.ri.reul/jjal.la/ju.se.yo

B : 어느 정도로 잘라 드릴까요?
o*.neu/jo*ng.do.ro/jal.la/deu.ril.ga.yo

A : 이 헤어스타일과 똑같이 해 주세요.
i/he.o*.seu.ta.il.gwa/dok.ga.chi/he*/ju.se.yo

B : 거울을 보세요. 마음에 드십니까?
go*.u.reul/bo.se.yo//ma.eu.me/deu.sim.ni.ga

A : 네, 완전 좋아요. 고맙습니다.
ne//wan.jo*n/jo.a.yo//go.map.sseum.ni.da

中譯二

A：請幫我剪頭髮。
B：要幫您剪到哪裡？
A：請幫我剪得和這個髮型一樣。
B：請照鏡子，還滿意嗎？
A：我很喜歡，謝謝。

情境會話三

A : 머리는 어떻게 해 드릴까요?
mo*.ri.neun/o*.do*.ke/he*/deu.ril.ga.yo

B : 머리 스타일을 바꾸고 싶은데 그냥 알아서 해 주세요.
mo*.ri/seu.ta.i.reul/ba.gu.go/si.peun.de/geu.nyang/a.ra.so*/he*/ju.se.yo

A : 이 사진의 머리 모양은 어때요?
i/sa.ji.nui/mo*.ri/mo.yang.eun/o*.de*.yo

B : 괜찮네요. 이렇게 해 주세요.
gwe*n.chan.ne.yo//i.ro*.ke/he*/ju.se.yo

A : 다 됐습니다. 어떠세요?
da/dwe*t.sseum.ni.da//o*.do*.se.yo

B : 마음에 듭니다. 수고 하셨어요.
ma.eu.me/deum.ni.da//su.go/ha.syo*.sso*.yo

中譯三

A：頭髮要怎麼幫您用？
B：我想換個髮型，髮型給你決定。
A：這張照片的髮型如何？
B：不錯，就這樣幫我剪。
A：都好了，如何？
B：我很喜歡，您辛苦了。

核心單字

헤어 스타일 [名] 髮型

헤어 스타일을 좀 바꾸고 싶은데요.

he.o*/seu.ta.i.reul/jjom/ba.gu.go/si.peun.de.yo

我想換髮型。

스포츠 머리 [名] 運動頭

날씨도 더운데 스포츠 머리로 해 주세요.

nal.ssi.do/do*.un.de/seu.po.cheu/mo*.ri.ro/he*/ju.se.yo

天氣熱，請幫我剪運動頭。

염색하다 [動] 染色

이 색상으로 염색해 주세요.

i/se*k.ssang.eu.ro/yo*m.se*.ke*/ju.se.yo

請用這個顏色幫我染髮。

머리를 자르다 [詞組] 剪頭髮

머리를 너무 짧게 자르지 마세요.

mo*.ri.reul/no*.mu/jjap.ge/ja.reu.ji/ma.se.yo

請別剪得太短。

앞머리 [名] 瀏海

앞머리를 조금만 더 잘라 주세요.

am.mo*.ri.reul/jjo.geum.man/do*/jal.la/ju.se.yo

瀏海再幫我剪短一點。

搭計程車

情境會話一

A：어디로 모실까요?
o*.di.ro/mo.sil.ga.yo

B：이 주소로 데려다 주세요. 부탁합니다.
i/ju.so.ro/de.ryo*.da/ju.se.yo//bu.ta.kam.ni.da

中譯一

A：要載您去哪裡？
B：請載我到這個地址，麻煩您了。

重點語法

- (으)ㄹ까요?

接在動詞語幹後方，表示提議或詢問對方的意見。

홍차를 마실까요?
要喝紅茶嗎？
어디서 만날까요?
我們在哪見面呢？

情境會話二

A：안녕하세요. 어디까지 가세요?
an.nyo*ng.ha.se.yo//o*.di.ga.ji/ga.se.yo

B：홍대 근처로 가 주세요.
hong.de*/geun.cho*.ro/ga/ju.se.yo

A：네, 출발하겠습니다.
ne//chul.bal.ha.get.sseum.ni.da

A：다 왔습니다. 어디서 세워 드릴까요?
da/wat.sseum.ni.da//o*.di.so*/se.wo/deu.ril.ga.yo

B：여기서 세워 주시면 됩니다. 감사합니다.
yo*.gi.so*/se.wo/ju.si.myo*n/dwem.ni.da//gam.sa.ham.ni.da

中譯二

A：您好，要去哪裡？
B：請載我去弘大附近。
A：好的，要出發囉！
A：到了，車要停在哪裡？
B：停在這裡就可以了，謝謝。

應用例句

서울타워까지 가 주시겠어요?

so*.ul.ta.wo.ga.ji/ga/ju.si.ge.sso*.yo

請帶我到首爾塔。

여기서 멀어요?

yo*.gi.so*/mo*.ro*.yo

離這裡遠嗎？

시간이 얼마나 걸려요?

si.ga.ni/o*l.ma.na/go*l.lyo*.yo

要花多少時間呢？

가방 좀 내려 주시겠어요?

ga.bang/jom/ne*.ryo*/ju.si.ge.sso*.yo

可以幫我把包包拿下來嗎？

저기 좀 세워 주세요.

jo*.gi/jom/se.wo/ju.se.yo

請在那邊停車。

거스름돈은 안 주셔도 돼요.

go*.seu.reum.do.neun/an/ju.syo*.do/dwe*.yo

您不必找零。

核心單字 II

택시를 부르다 [詞組] 叫計程車

택시 좀 불러 주시겠어요?

te*k.ssi/jom/bul.lo*/ju.si.ge.sso*.yo
可以請你幫我叫計程車嗎？

택시를 잡다 [詞組] 攔計程車

어디서 택시를 잡을 수 있죠?

o*.di.so*/te*k.ssi.reul/jja.beul/ssu/it.jjyo
哪裡可以攔計程車呢？

트렁크 [名] 後車箱

트렁크를 열어 주세요.

teu.ro*ng.keu.reul/yo*.ro*/ju.se.yo
請打開後車箱。

요금 [名] 費用

요금이 얼마인가요?

yo.geu.mi/o*l.ma.in.ga.yo
費用是多少呢？

세우다 [動] 停車

길 건너편에 세워 주세요.

gil/go*n.no*.pyo*.ne/se.wo/ju.se.yo
請在馬路對面停車。

在藥局

情境會話一

A : 이 약은 부작용이 없나요?
i/ya.geun/bu.ja.gyong.i/o*m.na.yo

B : 이 약을 드시면 졸릴 수 있습니다.
i/ya.geul/deu.si.myo*n/jol.lil/su/it.sseum.ni.da

中譯一

A：這個藥沒有副作用嗎？
B：吃這個藥，可能會想睡覺。

重點語法

이/그/저N 指示代名詞

이 책（這本書）
表示書離談話者近。
그 책（那本書）
表示書離聽話者近，離談話者遠；或雙方心裡都知道的那本書。
저 책（那本書）
表示書離聽話者和談話者都遠。

情境會話二

A：이 약은 어떻게 먹나요?
i/ya.geun/o*.do*.ke/mo*ng.na.yo

B：식후 30분 후에 드세요. 하루에 세 번 입니다.
si.ku/sam.sip.bun/hu.e/deu.se.yo//ha.ru.e/se/bo*.nim.ni.da

中譯二

A：這個藥要怎麼吃？
B：飯後三十分鐘服用，一天三次。

重點語法

- 게　副詞化

把形容詞語尾**다**去掉加上**게**可以轉變成副詞，用來修飾後方的動詞。

글씨를 크게 쓰세요.
把字寫大一點。
재미있게 놀아요.
玩得開心點。

應用例句

진통제가 있나요?

jin.tong.je.ga/in.na.yo

有止痛藥嗎？

여기 반창고도 팝니까?

yo*.gi/ban.chang.go.do/pam.ni.ga

這裡也有賣ＯＫ繃嗎？

머리도 좀 아파요.

mo*.ri.do/jom/a.pa.yo

頭也有點痛。

열도 있고 기침도 나요.

yo*l.do/it.go/gi.chim.do/na.yo

我發燒又咳嗽。

이 약은 한 번에 몇 알씩 먹어야 해요?

i/ya.geun/han/bo*.ne/myo*t/al.ssik/mo*.go*.ya/he*.yo

這個藥一次要吃幾粒？

이 약은 복통에 잘 들어요?

i/ya.geun/bok.tong.e/jal/deu.ro*.yo

這個藥對腹痛有效嗎？

核心單字

감기약 [名] 感冒藥

감기약을 주시겠어요?

gam.gi.ya.geul/jju.si.ge.sso*.yo
請給我感冒藥。

구급상자 [名] 急救箱

소형 구급상자를 주세요.

so.hyo*ng/gu.geup.ssang.ja.reul/jju.se.yo
請給我小型急救箱。

처방전 [名] 處方簽

처방전 없이는 약을 사실 수 없습니다.

cho*.bang.jo*n/o*p.ssi.neun/ya.geul/ssa.sil/su/o*p.sseum.ni.da
沒有處方簽，您不可以買藥。

약 [名] 藥

이 약을 드시면 됩니다.

i/ya.geul/deu.si.myo*n/dwem.ni.da
吃這個藥就可以了。

증상 [名] 症狀

다른 증상은 없습니까?

da.reun/jeung.sang.eun/o*p.sseum.ni.ga
沒有其他症狀嗎？

在醫院

情境會話一

A：어디가 아프세요?
o*.di.ga/a.peu.se.yo

B：온몸이 쑤시고 아파요. 열도 있어요.
on.mo.mi/ssu.si.go/a.pa.yo//yo*l.do/i.sso*.yo

中譯一

A：你哪裡不舒服？
B：全身痠痛，也有發燒。

重點語法

- (으)세요　尊敬型終結語尾
接在動詞、形容詞語幹後方，是由終結語尾「**어요**」＋尊敬型先行語尾「**(으)시**」所組成的型態，用來對句中的主語表示尊敬。

어디에 가세요?
您要去哪裡？
정말 예쁘세요!
您真漂亮！

情境會話二

A：언제쯤부터 아프기 시작했어요?
o*n.je.jjeum.bu.to*/a.peu.gi/si.ja.ke*.sso*.yo

B：어제 밤부터 아프기 시작했어요.
o*.je/bam.bu.to*/a.peu.gi/si.ja.ke*.sso*.yo

中譯二

A：從什麼時候開始不舒服的呢？
B：從昨天晚上開始不舒服的。

情境會話三

A：수술을 받으면 입원해야 합니까?
su.su.reul/ba.deu.myo*n/i.bwon.he*.ya/ham.ni.ga

B：아닙니다. 수술 받은 후 바로 집에 가실 수 있습니다.
a.nim.ni.da//su.sul/ba.deun/hu/ba.ro/ji.be/ga.sil/su/it.sseum.ni.da

中譯三

A：動手術要住院嗎？
B：不用，手術後可以馬上回家。

應用例句

지금 이가 아파 죽겠어요.

ji.geum/i.ga/a.pa/juk.ge.sso*.yo

現在牙齒很痛。

설사를 해요.

so*l.sa.reul/he*.yo

會拉肚子。

물집이 생겼어요.

mul.ji.bi/se*ng.gyo*.sso*.yo

長了水泡。

식욕이 없습니다.

si.gyo.gi/o*p.sseum.ni.da

沒有食欲。

관절이 때때로 아파요.

gwan.jo*.ri/de*.de*.ro/a.pa.yo

關節有時候會痛。

생리를 오랫동안 하지 않아요.

se*ng.ni.reul/o.re*t.dong.an/ha.ji/a.na.yo

生理期很久沒來了。

核心單字 II

낫다 [動] 痊癒、康復

감기가 다 나았어요?

gam.gi.ga/da/na.a.sso*.yo
感冒都痊癒了嗎？

주사를 맞다 [詞組] 打針

오늘 병원에서 주사를 맞았어요.

o.neul/byo*ng.wo.ne.so*/ju.sa.reul/ma.ja.sso*.yo
我今天在醫院打了針。

검사를 받다 [詞組] 接受檢查

혈액 검사를 받아야 합니까?

hyo*.re*k/go*m.sa.reul/ba.da.ya/ham.ni.ga
我需要血液檢查嗎？

알레르기 [名] 過敏

꽃가루 알레르기가 있어요.

got.ga.ru/al.le.reu.gi.ga/i.sso*.yo
我對花粉過敏。

병을 앓다 [詞組] 患病

큰 병을 앓은 적이 있습니까?

keun/byo*ng.eul/a.reun/jo*.gi/it.sseum.ni.ga
你有得過大病嗎？

생활 한국어 회화

連韓國人都按讚的

生活韓語會話

다 같이 놀러

갑시다.

大家一起

出去玩吧！

購物

情境會話一

A：면세점은 어디에 있습니까?
myo*n.se.jo*.meun/o*.di.e/it.sseum.ni.ga

B：이 백화점 8층은 면세점입니다.
i/be*.kwa.jo*m/pal.cheung.eun/myo*n.se.jo*.mim.ni.da

中譯一

A：請問免稅店在哪裡？
B：這間百貨公司的八樓就是免稅店。

重點語法

漢字音數字＋층（樓）

일층　1樓
삼층　3樓
십층　10樓
백일층　101樓

情境會話二

A：어서 오세요. 뭘 찾으세요?
o*.so*/o.se.yo//mwol/cha.jeu.se.yo

B：마스카라를 찾고 있습니다.
ma.seu.ka.ra.reul/chat.go/it.sseum.ni.da

中譯二

A：歡迎光臨，您要找什麼？
B：我在找睫毛膏。

情境會話三

A：이거 얼마예요?
i.go*/o*l.ma.ye.yo

B：한 개에 5천원입니다.
han/ge*.e/o.cho*.nwo.nim.ni.da

中譯三

A：這個多少錢？
B：一個五千韓幣。

情境會話四

A：선물로 적당한 것은 없습니까?
so*n.mul.lo/jo*k.dang.han/go*.seun/o*p.sseum.ni.ga

B：누구한테 주실 선물입니까?
nu.gu.han.te/ju.sil/so*n.mu.rim.ni.ga

A：아는 여동생한테 줄 선물이에요.
a.neun/yo*.dong.se*ng.han.te/jul/so*n.mu.ri.e.yo

B：요즘 날씨도 추운데 목도리로 선물해 주시는 거 어떠세요?
yo.jeum/nal.ssi.do/chu.un.de/mok.do.ri.ro/so*n.mul.he*/ju.si.neun/go*/o*.do*.se.yo

A：좋은 생각이네요. 예쁜 목도리 보여 주세요.
jo.eun/se*ng.ga.gi.ne.yo//ye.beun/mok.do.ri/bo.yo*/ju.se.yo

中譯四

A：有可以拿來送禮的東西嗎？
B：是要送給誰的禮物呢？
A：是要送給一位認識的妹妹的禮物。
B：最近天氣也很冷，送圍巾當禮物您覺得如何？
A：不錯的想法耶！請給我看看漂亮的圍巾。

核心單字

세일 [名] 打折、甩賣

이건 세일 중입니까?

i.go*n/se.il/jung.im.ni.ga
這個在打折嗎？

가격 [名] 價格

비행기표 가격은 얼마예요?

bi.he*ng.gi.pyo/ga.gyo*.geun/o*l.ma.ye.yo
飛機票價格是多少？

품질 [名] 品質

품질이 더 좋은 것을 보여 주세요.

pum.ji.ri/do*/jo.eun/go*.seul/bo.yo*/ju.se.yo
請給我看看品質更好一點的。

비싸다 [形] 貴

너무 비싸요. 좀 깎아 주세요.

no*.mu/bi.ssa.yo//jom/ga.ga/ju.se.yo
太貴了，請算便宜一點。

싸다 [形] 便宜

더 싼 것은 없어요?

do*/ssan/go*.seun/o*p.sso*.yo
沒有更便宜一點的嗎？

觀光服務台

情境會話一

A：관광안내소는 어디에 있습니까?
gwan.gwang.an.ne*.so.neun/o*.di.e/it.sseum.ni.ga

B：이 방향으로 쭉 가면 관광안내소가 보일 수 있습니다. 오른쪽에 있습니다.
i/bang.hyang.eu.ro/jjuk/ga.myo*n/gwan.gwang.an.ne*.so.ga/bo.il/su/it.sseum.ni.da//o.reun.jjo.ge/it.sseum.ni.da

A：고맙습니다.
go.map.sseum.ni.da

中譯一

A：請問觀光服務台在哪裡？

B：往這個方向一直去，就會看到觀光服務台。在右邊。

A：謝謝。

情境會話二

A：야경이 좋은 곳을 아세요?
ya.gyo*ng.i/jo.eun/go.seul/a.se.yo

B：남산타워에 가 보셨나요? 거기로 가면 시내 야경을 보실 수 있습니다.
nam.san.ta.wo.e/ga/bo.syo*n.na.yo//go*.gi.ro/ga.myo*n/si.ne*/ya.gyo*ng.eul/bo.sil/su/it.sseum.ni.da

中譯二

A：您知道哪裡夜景不錯嗎？
B：您去過南山塔了嗎？去那裡可以看得到市區夜景。

情境會話三

A：몇 시에 출발하나요?
myo*t/si.e/chul.bal.ha.na.yo

B：아침 9시에 출발합니다.
a.chim/a.hop.ssi.e/chul.bal.ham.ni.da

中譯三

A：幾點出發呢？
B：早上九點出發。

情境會話四

A：중국어 팸플릿 있습니까?
jung.gu.go*/pe*m.peul.lit/it.sseum.ni.ga

B：여기에 있습니다. 주변 지도도 필요하세요?
yo*.gi.e/it.sseum.ni.da//ju.byo*n/ji.do.do/pi.ryo.ha.se.yo

A：예, 함께 주세요. 고맙습니다.
ye//ham.ge/ju.se.yo//go.map.sseum.ni.da

中譯四

A：有中文版冊子嗎？
B：在這裡。周邊地圖也有需要嗎？
A：要，一起給我吧。謝謝。

情境會話五

A：출발은 어디에서 합니까?
chul.ba.reun/o*.di.e.so*/ham.ni.ga

B：투숙하시는 호텔에서 출발합니다.
tu.su.ka.si.neun/ho.te.re.so*/chul.bal.ham.ni.da

中譯五

A：從哪裡出發呢？
B：從您投宿的飯店出發。

核心單字

유적지 [名] 遺址

이 부근에 유적지가 있습니까?

i/bu.geu.ne/yu.jo*k.jji.ga/it.sseum.ni.ga

這附近有遺址嗎？

안내 책자 [名] 旅遊手冊

이 지역에 대한 안내 책자를 주십시오.

i/ji.yo*.ge/de*.han/an.ne*/che*k.jja.reul/jju.sip.ssi.o

請給我這個地區的導遊手冊。

관광 코스 [名] 觀光路線

어느 관광 코스가 가장 좋습니까?

o*.neu/gwan.gwang/ko.seu.ga/ga.jang/jo.sseum.ni.ga

哪一條觀光路線最好？

구경하다 [動] 參觀、觀看

구경할 만 곳을 알려 주세요.

gu.gyo*ng.hal/man/go.seul/al.lyo*/ju.se.yo

請告訴我值得一逛的地方。

관광버스 [名] 觀光巴士

시내 관광버스는 있습니까?

si.ne*/gwan.gwang.bo*.seu.neun/it.sseum.ni.ga

有市區的觀光巴士嗎？

觀光

情境會話一

A : 여기가 무슨 산이에요?
yo*.gi.ga/mu.seun/sa.ni.e.yo

B : 여기는 내장산입니다. 내장산 단풍은 남한 제일의 단풍명소라고 해요.
yo*.gi.neun/ne*.jang.sa.nim.ni.da//ne*.jang.san/dan.pung.eun/nam.han/je.i.rui/dan.pung.myo*ng.so.ra.go/he*.yo

A : 여기 풍경이 진짜 아름답네요.
yo*.gi/pung.gyo*ng.i/jin.jja/a.reum.dam.ne.yo

中譯一

A：這裡是什麼山呢？

B：這裡是內藏山。內藏山的楓葉聽說是南韓第一的楓葉名勝區。

A：這裡的風景真的很美。

情境會話二

A：한국의 국보 남대문은 언제 세워졌습니까?
han.gu.gui/guk.bo/nam.de*.mu.neun/o*n.je/se.wo.jo*t.sseum.ni.ga

B：남대문은 1398년에 세워졌습니다.
nam.de*.mu.neun/cho*n.sam.be*k.gu.sip.pal.lyo*.ne/se.wo.jo*t.sseum.ni.da

中譯二

A：韓國的國寶南大門是什麼時候建的？
B：南大門是1398年建的。

情境會話三

A：저것은 뭐예요?
jo*.go*.seun/mwo.ye.yo

B：세종대왕 동상입니다.
se.jong.de*.wang/dong.sang.im.ni.da

中譯三

A：那是什麼？
B：是世宗大王的銅像。

情境會話四

A : 저 건축물은 뭐예요?
jo*/go*n.chung.mu.reun/mwo.ye.yo

B : 63빌딩입니다. 안에 수족관과 영화관 등이 있습니다.
yuk.ssam.bil.ding.im.ni.da//a.ne/su.jok.gwan.gwa/yo*ng.hwa.gwan/deung.i/it.sseum.ni.da

中譯四

A：那棟建築物是什麼？
B：是63大廈。裡面有水族館和電影院。

情境會話五

A : 목이 말라요. 매점은 어디입니까?
mo.gi/mal.la.yo//me*.jo*.meun/o*.di.im.ni.ga

B : 매점은 이 건물 지하2층에 있습니다.
me*.jo*.meun/i/go*n.mul/ji.ha.i.cheung.e/it.sseum.ni.da

中譯五

A：口好渴，小賣店在哪裡？
B：小賣店在這棟樓的地下二樓。

核心單字

경치 [名] 風景

이 풍경 사진은 어디서 찍은 거예요?

i/pung.gyo*ng/sa.ji.neun/o*.di.so*/jji.geun/go*.ye.yo

這張風景照是在哪裡拍的？

가이드 [名] 導遊、陪同

여기는 가이드 안내가 있습니까?

yo*.gi.neun/ga.i.deu/an.ne*.ga/it.sseum.ni.ga

這裡有導遊介紹嗎？

화장실 [名] 化妝室、廁所

저는 화장실을 찾고 있습니다.

jo*.neun/hwa.jang.si.reul/chat.go/it.sseum.ni.da

我在找廁所。

야경 [名] 夜景

거기도 야경이 보기 좋은 곳입니다.

go*.gi.do/ya.gyo*ng.i/bo.gi/jo.eun/go.sim.ni.da

那裡也是看夜景不錯的地方。

유람선 [名] 遊覽船

어디서 유람선을 탈 수 있습니까?

o*.di.so*/yu.ram.so*.neul/tal/ssu/it.sseum.ni.ga

哪裡可以搭乘遊覽船呢？

遊玩

情境會話一

A：저기 사람들이 많네.
jo*.gi/sa.ram.deu.ri/man.ne

B：무슨 쇼가 있는 것 같아. 가서 구경하자.
mu.seun/syo.ga/in.neun/go*t/ga.ta//ga.so*/gu.gyo*ng.ha.ja

中譯一

A：那裡人很多耶！
B：好像有什麼表演，我們去看看吧！

重點語法

-(으)ㄴ/는/(으)ㄹ 것 같다　好像…
接在動詞、形容詞語幹後方，表示對某事或某一狀態的推測。

눈이 내릴 것 같아요.
好像會下雪。
좀 비싼 것 같아요.
好像有點貴。

情境會話二

A：오랫만에 놀이공원에 왔네. 어느 것부터 탈까?
o.re*n.ma.ne/no.ri.gong.wo.ne/wan.ne//o*.neu/go*t.bu.to*/tal.ga

B：회전목마부터 타자.
hwe.jo*n.mong.ma.bu.to*/ta.ja

中譯二

A：好久沒來遊樂園了呢！從哪個開始玩呢？
B：我們從旋轉木馬開始玩吧！

情境會話三

A：너무 많이 걸어서 다리가 아파요.
no*.mu/ma.ni/go*.ro*.so*/da.ri.ga/a.pa.yo

B：나도요. 저 카페에서 커피 마시면서 쉴까요?
na.do.yo//jo*/ka.pe.e.so*/ko*.pi/ma.si.myo*n.so*/swil.ga.yo

中譯三

A：走太多路，腳好痠。
B：我也是，我們在那間咖啡廳邊喝咖啡邊休息好嗎？

情境會話四

A：그 동물은 너무 귀엽다. 무슨 동물이야?
geu/dong.mu.reun/no*.mu/gwi.yo*p.da//mu.seun/dong.mu.ri.ya

B：그건 안경 원숭이야. 눈이 완전 크지?
geu.go*n/an.gyo*ng/won.sung.i.ya//nu.ni/wan.jo*n/keu.ji

中譯四

A：那隻動物太可愛了，那是什麼動物啊？
B：那是眼鏡猴，眼睛很大吧？

情境會話五

A：공연을 보고 싶은데 티켓은 어디서 사요?
gong.yo*.neul/bo.go/si.peun.de/ti.ke.seun/o*.di.so*/sa.yo

B：저기 매표소가 있습니다. 가 보세요.
jo*.gi/me*.pyo.so.ga/it.sseum.ni.da//ga/bo.se.yo

中譯五

A：我想看表演，請問票在哪裡買呢？
B：那裡有售票處。你去那看看吧。

核心單字

산 [名] 山

저것은 무슨 산이에요?

jo*.go*.seun/mu.seun/sa.ni.e.yo
那是什麼山？

건물 [名] 建築物

이 건물은 언제 세워졌어요?

i/go*n.mu.reun/o*n.je/se.wo.jo*.sso*.yo
這棟建築物是何時建成的？

기념품 [名] 紀念品

기념품 가게는 어디에 있어요?

gi.nyo*m.pum/ga.ge.neun/o*.di.e/i.sso*.yo
紀念品店在哪裡？

유명하다 [形] 有名

여기는 무엇으로 유명합니까?

yo*.gi.neun/mu.o*.seu.ro/yu.myo*ng.ham.ni.ga
這裡以什麼出名？

명승 고적 [名] 名勝古蹟

여기에서 명승 고적 무엇이 있습니까?

yo*.gi.e.so*/myo*ng.seung/go.jo*k/mu.o*.si/it.sseum.ni.ga
這裡有什麼名勝古蹟嗎？

拍照

情境會話一

A：저기, 여기서 사진 찍으면 안 됩니다.
jo*.gi//yo*.gi.so*/sa.jin/jji.geu.myo*n/an/dwem.ni.da

B：몰랐네요. 죄송합니다.
mol.lan.ne.yo//jwe.song.ham.ni.da

中譯一

A：那個…這裡不可以拍照。
B：我不知道耶！對不起。

重點語法

- (으)면 안 되다　不能…
接在動詞語幹後方，表示「禁止某一行為」。

강아지 키우면 안 돼요.
不可以養小狗。
가면 안 돼요.
不可以走。

情境會話二

A：실례지만, 사진 좀 찍어 주시겠어요?
sil.lye.ji.man//sa.jin/jom/jji.go*/ju.si.ge.sso*.yo

B：예, 여기서 찍어 드릴까요?
ye//yo*.gi.so*/jji.go*/deu.ril.ga.yo

A：네, 그 동상을 배경으로 찍어 주세요.
ne//geu/dong.sang.eul/be*.gyo*ng.eu.ro/jji.go*/ju.se.yo

B：이 셔터만 누르면 됩니까?
i/syo*.to*.man/nu.reu.myo*n/dwem.ni.ga

A：네. 그 셔터만 누르면 됩니다.
ne//geu/syo*.to*.man/nu.reu.myo*n/dwem.ni.da

B：알겠어요. 자, 찍습니다. 김치~.
al.ge.sso*.yo//ja//jjik.sseum.ni.da//gim.chi

中譯二

A：不好意思，可以幫我拍照嗎？
B：好，在這裡幫你拍嗎？
A：對，請以那座銅像為背景幫我拍照。
B：按這個快門就可以了嗎？
A：對，按那個快門鍵就可以了。
B：我知道了，來，要拍了。泡菜～

應用例句

여기서 사진을 찍어도 좋습니까?

yo*.gi.so*/sa.ji.neul/jji.go*.do/jo.sseum.ni.ga

我可以在這裡拍照嗎？

사진 좀 찍어 주실래요?

sa.jin/jom/jji.go*/ju.sil.le*.yo

您可以幫我拍照嗎？

플래시를 사용해도 돼요?

peul.le*.si.reul/ssa.yong.he*.do/dwe*.yo

我可以使用閃光燈嗎？

한 장 더 부탁해도 될까요?

han/jang/do*/bu.ta.ke*.do/dwel.ga.yo

可以再請你幫我拍一張嗎？

같이 사진 찍어도 됩니까?

ga.chi/sa.jin/jji.go*.do/dwem.ni.ga

可以一起拍照嗎？

사진을 보내고 싶은데 주소를 가르쳐 주세요.

sa.ji.neul/bo.ne*.go/si.peun.de/ju.so.reul/ga.reu.cho*/ju.se.yo

我想寄照片給你，請告訴我你的地址。

核心單字

필름 [名] 底片

칼라 필름 하나 사고 싶은데 여기 있어요?

kal.la/pil.leum/ha.na/sa.go/si.peun.de/yo*.gi/i.sso*.yo
我想買一捲彩色底片，這裡有嗎？

사진 [名] 照片

이 사진을 보내 드리겠습니다.

i/sa.ji.neul/bo.ne*/deu.ri.get.sseum.ni.da
這張照片我會寄給你。

플래시 [名] 閃光燈

사진을 찍을 수는 있지만 플래시를 사용하지 마세요.

sa.ji.neul/jji.geul/ssu.neun/it.jji.man/peul.le*.si.reul/ssa.yong.ha.ji/ma.se.yo
可以拍照，但請不要使用閃光燈。

비디오 카메라 [名] 攝影機

비디오 카메라를 찍을 줄 아세요?

bi.di.o/ka.me.ra.reul/jji.geul/jjul/a.se.yo
你會使用攝影機嗎？

촬영하다 [動] 拍攝

들어가서 촬영해도 됩니까?

deu.ro*.ga.so*/chwa.ryo*ng.he*.do/dwem.ni.ga
我可以進去拍攝嗎？

運動

情境會話一

A：어떤 운동을 잘해요?
o*.do*n/un.dong.eul/jjal.he*.yo

B：수영을 잘해요. 조깅도 좋아해요.
su.yo*ng.eul/jjal.he*.yo//jo.ging.do/jo.a.he*.yo

中譯一

A：你擅長什麼樣的運動？
B：我擅長游泳，也喜歡慢跑。

重點語法

- 도 也

接在名詞後方，相當於中文「也」的意思。

형도 연예인입니다.
哥哥也是藝人。
우리도 거기에 갑니다.
我們也去那裡。

情境會話二

A：오늘 뭘 했어요?
o.neul/mwol/he*.sso*.yo

B：공원에서 친구들이랑 농구를 했어요.
gong.wo.ne.so*/chin.gu.deu.ri.rang/nong.gu.reul/he*.sso*.yo

中譯二

A：你今天在幹嘛？
B：跟朋友在公園打籃球。

情境會話三

A：평소에 무슨 운동을 해요?
pyo*ng.so.e/mu.seun/un.dong.eul/he*.yo

B：가끔 테니스를 해요.
ga.geum/te.ni.seu.reul/he*.yo

中譯三

A：你平時會做什麼運動？
B：偶爾會打網球。

應用例句

나는 야구를 하는 것을 좋아해요.
na.neun/ya.gu.reul/ha.neun/go*.seul/jjo.a.he*.yo
我喜歡打棒球。

저는 골프를 해 본 적이 없어요.
jo*.neun/gol.peu.reul/he*/bon/jo*.gi/o*p.sso*.yo
我沒有打過高爾夫。

어떤 운동에 관심이 있어요?
o*.do*n/un.dong.e/gwan.si.mi/i.sso*.yo
你對什麼運動感興趣？

탁구와 당구 중에서 어느 것이 좋아요?
tak.gu.wa/dang.gu/jung.e.so*/o*.neu/go*.si/jo.a.yo
乒乓球和撞球你喜歡哪一個？

내가 제일 좋아하는 운동은 조깅이에요.
ne*.ga/je.il/jo.a.ha.neun/un.dong.eun/jo.ging.i.e.yo
我最喜歡的運動是慢跑。

평소에 운동할 시간이 없어요.
pyo*ng.so.e/un.dong.hal/ssi.ga.ni/o*p.sso*.yo
我平時沒有運動的時間。

核心單字

야구를 하다 [詞組] 打棒球

야구를 잘 하신다고 들었어요.

ya.gu.reul/jjal/ha.sin.da.go/deu.ro*.sso*.yo

聽說您很會打棒球。

골프를 치다 [詞組] 打高爾夫

때때로 동료들이랑 골프를 치러 가요.

de*.de*.ro/dong.nyo.deu.ri.rang/gol.peu.reul/chi.ro*/ga.yo

有時會跟同事們去打高爾夫。

테니스를 치다 [詞組] 打網球

보통 주말마다 동생과 테니스를 쳐요.

bo.tong/ju.mal.ma.da/dong.se*ng.gwa/te.ni.seu.reul/cho*.yo

通常每個週末會跟弟弟一起打網球。

스포츠 [名] 體育運動

영화보다 스포츠 중계 보는 걸 더 좋아해요.

yo*ng.hwa.bo.da/seu.po.cheu/jung.gye/bo.neun/go*l/do*/jo.a.he*.yo

比起電影，我更愛看體育轉播。

운동하다 [動] 運動

건강을 위해 매일 운동합니다.

go*n.gang.eul/wi.he*/me*.il/un.dong.ham.ni.da

為了健康，每天運動。

在電影院

情境會話一

A : 내가 어제 본 영화는 진짜 재미있었어.
ne*.ga/o*.je/bon/yo*ng.hwa.neun/jin.jja/je*.mi.i.sso*.sso*

B : 무슨 영화인데?
mu.seun/yo*ng.hwa.in.de

A : 전쟁에 관한 영화인데 꽤 볼만 해요. 한 번 가서 봐 봐.
jo*n.je*ng.e/gwan.han/yo*ng.hwa.in.de/gwe*/bol.man/he*.yo//han/bo*n/ga.so*/bwa/bwa

中譯一

A：我昨天看的電影真的很好看。

B：是什麼電影？

A：是有關戰爭的電影，非常值得一看。你去看看吧！

情境會話二

A：뒤쪽에 있는 좌석으로 주세요.
dwi.jjo.ge/in.neun/jwa.so*.geu.ro/ju.se.yo

B：뒤의 중간 좌석으로 해 드릴까요?
dwi.ui/jung.gan/jwa.so*.geu.ro/he*/deu.ril.ga.yo

中譯二

A：請給我後方的位子。
B：要給您後方中間的座位嗎？

情境會話三

A：영화 보는 걸 좋아해요?
yo*ng.hwa/bo.neun/go*l/jo.a.he*.yo

B：네, 한 달에 두 번 영화를 보러 가요.
ne//han/da.re/du/bo*n/yo*ng.hwa.reul/bo.ro*/ga.yo

中譯三

A：你喜歡看電影嗎？
B：喜歡，我一個月會去看兩次電影。

情境會話四

A：영화표 한 장 주세요. 팝콘은 작은 거 하나랑 콜라 큰 거 하나 주세요.
yo*ng.hwa.pyo/han/jang/ju.se.yo//pap.ko.neun/ja.geun/go*/ha.na.rang/kol.la/keun/go*/ha.na/ju.se.yo

B：네, 신용카드로 지불하시겠어요?
ne//si.nyong.ka.deu.ro/ji.bul.ha.si.ge.sso*.yo

中譯四

A：請給我一張電影票，一個小份爆米花和一杯大杯可樂。
B：好的，您要刷卡嗎？

情境會話五

A：영화는 몇 시에 시작해요?
yo*ng.hwa.neun/myo*t/si.e/si.ja.ke*.yo

B：영화는 밤 9시40분에 시작합니다.
yo*ng.hwa.neun/bam/a.hop.ssi/sa.sip.bu.ne/si.ja.kam.ni.da

中譯五

A：電影幾點開始放映呢？
B：電影晚上9點40分開始。

核心單字 II

극장 [名] 劇院、電影院

여자친구와 극장에서 만나기로 했어요.

yo*.ja.chin.gu.wa/geuk.jjang.e.so*/man.na.gi.ro/he*.sso*.yo

跟女朋友約好在劇院見面。

배우 [名] 演員

이 배우는 본 적이 없는데 누구예요?

i/be*.u.neun/bon/jo*.gi/o*m.neun.de/nu.gu.ye.yo

我沒看過這位演員，是誰啊？

앞쪽 [名] 前方

앞쪽에 앉고 싶지 않습니다.

ap.jjo.ge/an.go/sip.jji/an.sseum.ni.da

我不想坐在前面。

좌석 [名] 坐位

더 뒤에 있는 좌석은 없습니까?

do*/dwi.e/in.neun/jwa.so*.geun/o*p.sseum.ni.ga

沒有更後面一點的坐位嗎？

주인공 [名] 主角

주인공은 누구입니까?

ju.in.gong.eun/nu.gu.im.ni.ga

主角是誰啊？

在博物館

情境會話一

A：무료 팸플릿이 있나요?
mu.ryo/pe*m.peul.li.si/in.na.yo

B：어디에서 왔습니까?
o*.di.e.so*/wat.sseum.ni.ga

A：대만에서 왔습니다. 중국어 팸플릿으로 주세요.
de*.ma.ne.so*/wat.sseum.ni.da//jung.gu.go*/pe*m.peul.li.seu.ro/ju.se.yo

B：여기 있습니다.
yo*.gi/it.sseum.ni.da

中譯一

A：有免費的導覽冊子嗎？
B：您從哪裡來呢？
A：我從台灣來的，請給我中文版的冊子。
B：在這裡。

情境會話二

A：입장료는 얼마입니까?
ip.jjang.nyo.neun/o*l.ma.im.ni.ga

B：어른은 3,000원이고 어린이는 2,000원입니다.
o*.reu.neun/sam.cho*.nwo.ni.go/o*.ri.ni.neun/i.cho*.nwo.nim.ni.da

中譯二

A：入場費多少錢？
B：大人是三千韓圜，小孩是二千韓圜。

情境會話三

A：어른 표 두 장 주세요.
o*.reun/pyo/du/jang/ju.se.yo

B：6,000원입니다.
yuk.cho*.nwo.nim.ni.da

中譯三

A：請給我兩張全票。
B：六千韓圜。

情境會話四

A：표는 어디에서 사요?
pyo.neun/o*.di.e.so*/sa.yo

B：입구 옆에 매표소가 있어요. 가 보세요.
ip.gu/yo*.pe/me*.pyo.so.ga/i.sso*.yo//ga/bo.se.yo

中譯四

A：票在哪裡買？
B：入口旁邊有售票所，你去那看看吧。

情境會話五

A：안에서 사진을 찍어도 될까요?
a.ne.so*/sa.ji.neul/jji.go*.do/dwel.ga.yo

B：안에서부터는 촬영이 금지입니다.
a.ne.so*.bu.to*.neun/chwa.ryo*ng.i/geum.ji.im.ni.da

中譯五

A：我可以在裡面拍照嗎？
B：進去裡面後就不能拍照攝影了。

核心單字

표를 사다 [詞組] 買票

여기서 표를 살 수 있습니까?

yo*.gi.so*/pyo.reul/ssal/ssu/it.sseum.ni.ga
這裡可以買票嗎？

문을 열다 [詞組] 開門

박물관은 아침 9시에 문을 열어요.

bang.mul.gwa.neun/a.chim/a.hop.ssi.e/mu.neul/yo*.ro*.yo
博物館早上九點開門。

문을 닫다 [詞組] 關門

몇 시에 문을 닫아요?

myo*t/si.e/mu.neul/da.da.yo
幾點關門呢？

티켓 [名] 票

이 티켓은 환불하려고 해요.

i/ti.ke.seun/hwan.bul.ha.ryo*.go/he*.yo
我想把這張票拿去退費。

미술관 [名] 美術館

미술관은 보통 월요일에 휴관합니다.

mi.sul.gwa.neun/bo.tong/wo.ryo.i.re/hyu.gwan.ham.ni.da
美術館一般都是星期一休館。

拜訪朋友

情境會話一

A：미안해요. 늦었어요.
mi.an.he*.yo//neu.jo*.sso*.yo

B：괜찮아요. 빨리 들어 와요.
gwe*n.cha.na.yo//bal.li/deu.ro*/wa.yo

A：신발은 벗고 들어가요?
sin.ba.reun/bo*t.go/deu.ro*.ga.yo

B：네, 벗고 들어와요.
ne//bo*t.go/deu.ro*.wa.yo

中譯一

A：對不起，我來晚了。
B：沒關係，快進來吧。
A：要脫鞋進去嗎？
B：是的，拖鞋進來。

情境會話二

A：제가 과일 좀 사 왔어요. 받아 주세요.
je.ga/gwa.il/jom/sa/wa.sso*.yo//ba.da/ju.se.yo

B：그러실 필요 없는데 고마워요.
geu.ro*.sil/pi.ryo/o*m.neun.de/go.ma.wo.yo

中譯二

A：我買了點水果來，請收下。
B：你不需要這樣，謝謝。

情境會話三

A：커피하고 녹차 있는데 뭘 마실래요?
ko*.pi.ha.go/nok.cha/in.neun.de/mwol/ma.sil.le*.yo

B：커피로 주세요.
ko*.pi.ro/ju.se.yo

中譯三

A：有咖啡和綠茶，你要喝什麼？
B：請給我咖啡。

情境會話四

A : 저녁도 준비했어요. 와서 같이 식사해요.
jo*.nyo*k.do/jun.bi.he*.sso*.yo//wa.so*/ga.chi/sik.ssa.he*.yo

B : 네, 잘 먹겠습니다.
ne//jal/mo*k.get.sseum.ni.da

中譯四

A：晚餐也準備好了，過來一起用餐吧。
B：好的，我要開動了。

情境會話五

A : 많이 늦었네요. 가야겠어요.
ma.ni/neu.jo*n.ne.yo//ga.ya.ge.sso*.yo

B : 벌써 가시려고요? 과자 좀만 더 드시고 가세요.
bo*l.sso*/ga.si.ryo*.go.yo//gwa.ja/jom.man/do*/deu.si.go/ga.se.yo

中譯五

A：很晚了呢！我要走了。
B：您要走了嗎？再吃點餅乾再走吧。

核心單字 II

마음껏 [副] 盡情、盡量

마음껏 드세요.

ma.eum.go*t/deu.se.yo
多吃一點。

드시다 [動] 吃、喝

차 드세요.

cha/deu.se.yo
請喝茶。

사양하다 [動] 客氣、謝絕

사양하지 마세요.

sa.yang.ha.ji/ma.se.yo
請別客氣。

앉다 [動] 坐

여기에 앉으세요.

yo*.gi.e/an.jeu.se.yo
請坐這裡。

늦다 [形] 晚、遲

늦어서 죄송합니다.

neu.jo*.so*/jwe.song.ham.ni.da
對不起，我來晚了。

在家裡

情境會話一

A：오늘 밤 TV프로는 뭐지?
o.neul/bam/tv.peu.ro.neun/mwo.ji

B：이따가 민호 오빠 나오는 드라마 해. 같이 보자.
i.da.ga/min.ho/o.ppa/na.o.neun/deu.ra.ma/he*//ga.chi/bo.ja

A：배우 이민호야? 봐야 지.
be*.u/i.min.ho.ya//bwa.ya/ji

中譯一

A：今天晚上的電視節目是什麼？
B：等一下有敏鎬哥演的連續劇，一起看吧。
A：演員李敏鎬嗎？那要看囉！

情境會話二

A：내 컴퓨터에 또 문제가 생겼어. 짜증나. 정말.
ne*/ko*m.pyu.to*.e/do/mun.je.ga/se*ng.gyo*.sso*//jja.jeung/na//jo*ng.mal

B：오빠가 도와 줄게. 어디가 문제인데?
o.ba.ga/do.wa/jul.ge//o*.di.ga/mun.je.in.de

中譯二

A：我的電腦又出問題了，真的很煩。
B：哥哥我來幫你，哪裡有問題？

情境會話三

A：내 교복을 못 찾겠어요. 엄마가 가져가신 거 아니에요?
ne*/gyo.bo.geul/mot/chat.ge.sso*.yo//o*m.ma.ga/ga.jo*.ga.sin/go*/a.ni.e.yo

B：응, 네 교복은 세탁기 안에 있어. 왜?
eung//ne/gyo.bo.geun/se.tak.gi/a.ne/i.sso*//we*

中譯三

A：我找不到我的校服，是不是媽你拿走了？
B：對阿，你的校服在洗衣機裡，怎麼了？

情境會話四

A : 태준아, 배 안 고프니? 김밥을 만들었는데 먹을래?
te*.ju.na//be*/an/go.peu.ni//gim.ba.beul/man.deu.ro*n.neun.de/mo*.geul.le*

B : 안 먹어요. 지금 나가는 참이에요.
an/mo*.go*.yo//ji.geum/na.ga.neun/cha.mi.e.yo

中譯四

A：泰俊啊！肚子不餓嗎？我做了紫菜飯捲，要不要吃？
B：我不吃，現在我要出門了。

情境會話五

A : 민지야, 엄마 좀 도와줄래?
min.ji.ya//o*m.ma/jom/do.wa.jul.le*

B : 네, 뭘 도와 줄까요?
ne//mwol/do.wa/jul.ga.yo

中譯五

A：旼志，幫媽媽的忙好嗎？
B：好，要幫你什麼？

核心單字

집안일을 하다 [詞組] 做家事

주말에 집에서 가족들과 집안일을 했어요.

ju.ma.re/ji.be.so*/ga.jok.deul.gwa/ji.ba.ni.reul/he*.sso*.yo
週末在家裡和家人一起做家事。

청소하다 [動] 打掃

아줌마가 노래를 하면서 청소하세요.

a.jum.ma.ga/no.re*.reul/ha.myo*n.so*/cho*ng.so.ha.se.yo
阿姨一邊唱歌一邊打掃。

공부하다 [動] 學習、念書

좋은 대학에 들어가기 위해 열심히 공부하고 있어요.

jo.eun/de*.ha.ge/deu.ro*.ga.gi/wi.he*/yo*l.sim.hi/gong.bu.ha.go/i.sso*.yo
為了進入好大學，認真讀書中。

요리하다 [動] 做菜

요리를 할 줄 아세요?

yo.ri.reul/hal/jjul/a.se.yo
你會做菜嗎？

TV를 보다 [詞組] 看電視

할머니가 소파에 앉아서 TV를 보십니다.

hal.mo*.ni.ga/so.pa.e/an.ja.so*/tv.reul/bo.sim.ni.da
奶奶坐在沙發上看電視。

問路

情境會話一

A：제일 가까운 지하철 역이 어디에요?
je.il/ga.ga.un/ji.ha.cho*l/yo*.gi/o*.di.ye.yo

B：다음 사거리에서 오른쪽으로 가세요. 그 다음에 3분쯤 쭉 가면 지하철 역이 보입니다.
da.eum/sa.go*.ri.e.so*/o.reun.jjo.geu.ro/ga.se.yo//geu/da.eu.me/sam.bun.jjeum/jjuk/ga.myo*n/ji.ha.cho*l/yo*.gi/bo.im.ni.da

A：가르쳐 주셔서 고맙습니다.
ga.reu.cho*/ju.syo*.so*/go.map.sseum.ni.da

中譯一

A：請問最近的地鐵站在哪裡？

B：請在下個十字路口右轉。之後再走個三分鐘就可以看到地鐵站。

A：謝謝你告訴我。

情境會話二

A：롯데백화점이 어디인지 좀 알려 주실래요?
rot.de.be*.kwa.jo*.mi/o*.di.in.ji/jom/al.lyo*/ju.sil.le*.yo

B：갈림길이 나올 때까지 이 길을 따라 쭉 가세요. 삼거리가 나오면 왼쪽으로 가세요. 그러면 롯데백화점이 보일 거예요.
gal.lim.gi.ri/na.ol/de*.ga.ji/i/gi.reul/da.ra/jjuk/ga.se.yo//sam.go*.ri.ga/na.o.myo*n/wen.jjo.geu.ro/ga.se.yo//geu.ro*.myo*n/rot.de.be*.kwa.jo*.mi/bo.il/go*.ye.yo

A：걸어가면 시간이 얼마나 걸리나요?
go*.ro*.ga.myo*n/si.ga.ni/o*l.ma.na/go*l.li.na.yo

B：멀지 않아요. 걸어가시면 15분쯤 걸릴 거예요.
mo*l.ji/a.na.yo//go*.ro*.ga.si.myo*n/si.bo.bun.jjeum/go*l.lil/go*.ye.yo

中譯二

A：可以告訴我樂天百貨公司在哪裡嗎？

B：請延著這條路一直走，直到看到岔路為止。看到三叉路口後，請往左轉。這樣就會看到樂天百貨公司了。

A：走路去的話，要花多少時間呢？

B：不遠，走路去大約花15分鐘。

應用例句

실례합니다. 여기는 어디예요?

sil.lye.ham.ni.da//yo*.gi.neun/o*.di.ye.yo

不好意思，請問這裡是哪裡？

대학로는 어떻게 가요?

de*.hang.no.neun/o*.do*.ke/ga.yo

大學路怎麼去呢？

이 근처에 편의점이 있나요?

i/geun.cho*.e/pyo*.nui.jo*.mi/in.na.yo

這附近有便利商店嗎？

이 길이 동대문 시장으로 가는 길이에요?

i/gi.ri/dong.de*.mun/si.jang.eu.ro/ga.neun/gi.ri.e.yo

這條路是去東大門市場的路嗎？

경복궁까지 가는 가장 빠른 방법이 뭐예요?

gyo*ng.bok.gung.ga.ji/ga.neun/ga.jang/ba.reun/bang.bo*.bi/mwo.ye.yo

去景福宮最快的方法是什麼？

이 식당을 찾고 있는데요. 어딘지 가르쳐 주실 수 있어요?

i/sik.dang.eul/chat.go/in.neun.de.yo//o*.din.ji/ga.reu.cho*/ju.sil/su/i.sso*.yo

我在找這間餐館，可以告訴我在哪裡嗎？

核心單字

거리 [名] 街道、大街

이 거리의 이름이 뭐예요?

i/go*.ri.ui/i.reu.mi/mwo.ye.yo
這條路叫什麼名字？

길을 잃다 [詞組] 迷路

저는 길을 잃었어요. 길 좀 안내해 주시겠어요?

jo*.neun/gi.reul/i.ro*.sso*.yo//gil/jom/an.ne*.he*/ju.si.ge.sso*.yo
我迷路了，可以為我指路嗎？

가깝다 [形] 近

그곳은 호텔에서 가깝나요?

geu.go.seun/ho.te.re.so*/ga.gam.na.yo
那裡離飯店近嗎？

길 [名] 路

이 길은 기차역으로 가죠?

i/gi.reun/gi.cha.yo*.geu.ro/ga.jyo
這條路會到火車站吧？

똑바로 [副] 端正、直線

이 길을 똑바로 가십시오.

i/gi.reul/dok.ba.ro/ga.sip.ssi.o
請這條路直走。

緊急狀況

情境會話一

A：지갑을 소매치기 당한 것 같아요.
ji.ga.beul/sso.me*.chi.gi/dang.han/go*t/ga.ta.yo

B：지갑은 어디서 잃어버린 것 같습니까?
ji.ga.beun/o*.di.so*/i.ro*.bo*.rin/go*t/gat.sseum.ni.ga

A：아마 조금 전에 버스에서 잃어버린 것 같아요. 그때 버스가 만원이었는데요.
a.ma/jo.geum/jo*.ne/bo*.seu.e.so*/i.ro*.bo*.rin/go*t/ga.ta.yo//geu.de*/bo*.seu.ga/ma.nwo.ni.o*n.neun.de.yo

中譯一

A：我的錢包好像被扒手偷走了。
B：錢包應該是在哪裡弄丟的呢？
A：應該是剛才在公車上弄丟的，那時公車客滿。

情境會話二

A：지갑 안에 뭐 중요한 거 들어 있나요?
ji.gap/a.ne/mwo/jung.yo.han/go*/deu.ro*/in.na.yo

B：현금 20만원하고 신용카드 두 장이 들어 있어요.
hyo*n.geum/i.sim.ma.nwon.ha.go/si.nyong.ka.deu/du/jang.i/deu.ro*/i.sso*.yo

中譯二

A：錢包裡有裝什麼重要的東西嗎？
B：有現金20萬韓幣和兩張信用卡。

情境會話三

A：혹시 외국분이세요?
hok.ssi/we.guk.bu.ni.se.yo

B：네, 대만 사람입니다. 여기 중국어 할 줄 아는 분이 없어요?
ne//de*.man/sa.ra.mim.ni.da//yo*.gi/jung.gu.go*/hal/jjul/a.neun/bu.ni/o*p.sso*.yo

中譯三

A：請問你是外國人嗎？
B：對，我是台灣人，這裡沒有會中文的人嗎？

應用例句

여기 경찰서죠? 저를 좀 도와 주시겠어요?

yo*.gi/gyo*ng.chal.sso*.jyo//jo*.reul/jjom/do.wa/ju.si.ge.sso*.yo

這裡是警察局吧？可以幫我的忙嗎？

통역을 부탁하고 싶은데요.

tong.yo*.geul/bu.ta.ka.go/si.peun.de.yo

我想請你翻譯給我聽。

누가 좀 도와주시겠어요?

nu.ga/jom/do.wa.ju.si.ge.sso*.yo

誰能幫幫忙？

괜찮으세요? 내가 구급차를 불러 줄까요?

gwe*n.cha.neu.se.yo//ne*.ga/gu.geup.cha.reul/bul.lo*/jul.ga.yo

沒事吧？要我叫救護車嗎？

경찰을 불러 주세요!

gyo*ng.cha.reul/bul.lo*/ju.se.yo

請幫我叫警察。

어머, 피가 나네요. 잠시만요. 응급 상자 가져 올게요.

o*.mo*//pi.ga/na.ne.yo//jam.si.ma.nyo//jam.si.ma.nyo//eung.geup/sang.ja/ga.jo*/ol.ge.yo

哎呀！在流血呢！等一下，我去拿急救箱來。

核心單字

의식을 잃다 [詞組] 昏厥、失去意識

제 친구가 의식을 잃고 쓰러졌어요.

je/chin.gu.ga/ui.si.geul/il.ko/sseu.ro*.jo*.sso*.yo

我朋友失去意識昏到了。

응급 상자 [名] 急救箱

혹시 응급 상자 좀 빌릴 수 있습니까?

hok.ssi/eung.geup/sang.ja/jom/bil.lil/su/it.sseum.ni.ga

可以跟你借急救箱嗎？

심폐소생술 [名] 心肺復甦術

누가 심폐소생술을 하실 줄 아는 분이 없으세요?

nu.ga/sim.pye.so.se*ng.su.reul/ha.sil/jul/a.neun/bu.ni/o*p.sseu.se.yo

有誰會心肺復甦術呢？

짐을 옮기다 [詞組] 搬行李

짐 좀 옮겨 주시겠어요?

jim/jom/om.gyo*/ju.si.ge.sso*.yo

可以幫我搬行李嗎？

다치다 [動] 受傷、碰傷

제가 좀 다쳤어요.

je.ga/jom/da.cho*.sso*.yo

我受傷了。

생활 한국어 회화

連韓國人都按讚的

生活韓語會話

第七章
韓國人每天會用到的韓國語

한국인이 매일 사용하는 한국어

招呼語

안녕하세요.

an.nyo*ng.ha.se.yo

你好嗎？

안녕하십니까?

an.nyo*ng.ha.sim.ni.ga

您好嗎？

안녕.

an.nyo*ng

你好。

잘 지내고 있어요?

jal/jji.ne*.go/i.sso*.yo

過得好嗎？

오래간만이에요.

o.re*.gan.ma.ni.e.yo

好久不見了。

그동안 잘 지내셨어요?

geu.dong.an/jal/jji.ne*.syo*.sso*.yo

最近過的好嗎？

感謝

고마워요.

go.ma.wo.yo

謝謝。

고맙습니다.

go.map.sseum.ni.da

謝謝。

감사합니다.

gam.sa.ham.ni.da

謝謝。

자세히 설명해 줘서 감사합니다.

ja.se.hi/so*l.myo*ng.he*/jwo.so*/gam.sa.ham.ni.da

謝謝您詳細說明。

이렇게 도와줘서 고마워요.

i.ro*.ke/do.wa.jwo.so*/go.ma.wo.yo

謝謝你的幫助。

선물은 고마워요. 소중히 간직할게요.

so*n.mu.reun/go.ma.wo.yo//so.jung.hi/gan.ji.kal.ge.yo

謝謝你的禮物，我會好好珍惜。

道歉

미안해요.
mi.an.he*.yo
對不起。

죄송합니다.
jwe.song.ham.ni.da
對不起。

미안합니다.
mi.an.ham.ni.da
對不起。

정말 미안해요.
jo*ng.mal/mi.an.he*.yo
真的對不起了。

많이 늦어서 죄송합니다.
ma.ni/neu.jo*.so*/jwe.song.ham.ni.da
我來晚了，對不起。

용서해 주세요.
yong.so*.he*/ju.se.yo
請原諒我。

賠罪

그만 화를 풀어요.
geu.man/hwa.reul/pu.ro*.yo
別生氣了。

아직도 삐쳐 있어요?
a.jik.do/bi.cho*/i.sso*.yo
你還在生氣嗎？

다 제 탓입니다.
da/je/ta.sim.ni.da
都要怪我。

난 할 말이 없어요. 사과할게요.
nan/hal/ma.ri/o*p.sso*.yo//sa.gwa.hal.ge.yo
我無話可說，我向你道歉。

좀 양해해 주세요.
jom/yang.he*.he*/ju.se.yo
請原諒我。

그 일에 대해 사과하겠어요. 내 잘못이에요.
geu/i.re/de*.he*/sa.gwa.ha.ge.sso*.yo//ne*/jal.mo.si.e.yo
那件事我向你道歉，我錯了。

忙碌

바쁘세요?
ba.beu.se.yo
你忙嗎？

매우 바빠요.
me*.u/ba.ba.yo
我很忙。

안 바빠요.
an/ba.ba.yo
我不忙。

어제는 바빴어요.
o*.je.neun/ba.ba.sso*.yo
我昨天很忙。

그다지 바쁘지 않아요.
geu.da.ji/ba.beu.ji/a.na.yo
我不太忙。

괜히 바쁜 척하지 마.
gwe*n.hi/ba.beun/cho*.ka.ji/ma
你別裝忙。

等待

잠깐 기다려 주세요.

jam.gan/gi.da.ryo*/ju.se.yo

請您稍等一會。

기다리게 해서 죄송합니다.

gi.da.ri.ge/he*.so*/jwe.song.ham.ni.da

讓你久等了抱歉。

잠시만요.

jam.si.ma.nyo

請稍等。

여기서 기다릴게요.

yo*.gi.so*/gi.da.ril.ge.yo

我在這裡等你。

두 시간이나 기다렸어요.

du/si.ga.ni.na/gi.da.ryo*.sso*.yo

我等了兩個小時。

나를 기다리지 않아도 돼요.

na.reul/gi.da.ri.ji/a.na.do/dwe*.yo

你可以不必等我。

年紀

나이가 어떻게 되세요?
na.i.ga/o*.do*.ke/dwe.se.yo
您幾歲呢？

저는 올해 만 25살입니다.
jo*.neun/ol.he*/man/seu.mul/da.so*t.ssa.rim.ni.da
我今年滿25歲了。

언제 태어났어요?
o*n.je/te*.o*.na.sso*.yo
你是何時出生的？

저는 1987년 10월 22일에 태어났습니다.
jo*.neun.cho*n.gu.be*k.pal.ssip.chil.lyo*n/si.bwol/i.si.bi.i.re/te*.o*.nat.sseum.ni.da
我是1987年10月22日出生的。

무슨 띠예요?
mu.seun/di.ye.yo
你屬什麼？

저는 개띠예요.
jo*.neun/ge*.di.ye.yo
我屬狗。

詢問工作

아버님은 뭘 하세요?
a.bo*.ni.meun/mwol/ha.se.yo
您的父親做什工作？

아버지는 건축 회사에 다니세요.
a.bo*.ji.neun/go*n.chuk/hwe.sa.e/da.ni.se.yo
父親在建築公司上班。

지금 무슨 일을 해요?
ji.geum/mu.seun/i.reul/he*.yo
你現在在做什麼工作？

지금 학원에서 영어를 가르쳐요.
ji.geum/ha.gwo.ne.so*/yo*ng.o*.reul/ga.reu.cho*.yo
我現在在補習班教英語。

우리 언니는 간호사예요.
u.ri/o*n.ni.neun/gan.ho.sa.ye.yo
我姊姊是護士。

제 꿈은 선생님이 되는 것입니다.
je/gu.meun/so*n.se*ng.ni.mi/dwe.neun/go*.sim.ni.da
我的夢想是當老師。

戀愛

사랑해요.
sa.rang.he*.yo
我愛你。

정말 보고 싶어요.
jo*ng.mal/bo.go/si.po*.yo
我很想你。

첫눈에 반했어요.
cho*n.nu.ne/ban.he*.sso*.yo
一見鐘情。

뽀뽀해도 돼요?
bo.bo.he*.do/dwe*.yo
我可以親你嗎？

지금 나올래? 보고 싶어.
ji.geum/na.ol.le*//bo.go/si.po*
你要出來嗎？想你了。

어디야? 지금 뭐해?
o*.di.ya//ji.geum/mwo.he*
你在哪？在做什麼？

分手

우리 헤어졌어요.
u.ri/he.o*.jo*.sso*.yo
我們分手了。

우리 헤어지자.
u.ri/he.o*.ji.ja
我們分手吧。

차였어요.
cha.yo*.sso*.yo
被甩了。

여자친구가 양다리를 걸쳤어요.
yo*.ja.chin.gu.ga/yang.da.ri.reul/go*l.cho*.sso*.yo
女朋友腳踩兩條船。

남자친구와 헤어진지 얼마나 됐어요?
nam.ja.chin.gu.wa/he.o*.jin.ji/o*l.ma.na/dwe*.sso*.yo
你跟男朋友分手多久了？

우리 그만 만나자.
u.ri/geu.man/man.na.ja
我們分手吧。

結婚

결혼하셨나요?
gyo*l.hon.ha.syo*n.na.yo
您結婚了嗎？

아직 결혼하지 않았어요.
a.jik/gyo*l.hon.ha.ji/a.na.sso*.yo
我還沒結婚。

저는 작년에 결혼했어요.
jo*.neun/jang.nyo*.ne/gyo*l.hon.he*.sso*.yo
我去年結婚了。

왜 빨리 결혼하지 않아요?
we*/bal.li/gyo*l.hon.ha.ji/a.na.yo
你為什麼不快點結婚呢？

여자친구랑 결혼할 거예요.
yo*.ja.chin.gu.rang/gyo*l.hon.hal/go*.ye.yo
我要和女朋友結婚。

신부 되실 분은 어떤 분이에요?
sin.bu/dwe.sil/bu.neun/o*.do*n/bu.ni.e.yo
新娘是個怎樣的人？

名字

성함이 어떻게 되세요?

so*ng.ha.mi/o*.do*.ke/dwe.se.yo
您貴姓？

이름이 무엇입니까?

i.reu.mi/mu.o*.sim.ni.ga
你叫什麼名字？

저는 장미영이라고 합니다.

jo*.neun/jang.mi.yo*ng.i.ra.go/ham.ni.da
我叫張美英。

제 이름은 박민정입니다.

je/i.reu.meun/bang.min.jo*ng.im.ni.da
我的名字是朴敏靜。

저는 김태준입니다.

jo*.neun/gim.te*.ju.nim.ni.da
我是金泰俊。

알게 돼서 반갑습니다.

al.ge/dwe*.so*/ban.gap.sseum.ni.da
認識你很高興。

詢問人

이분이 누구세요?
i.bu.ni/nu.gu.se.yo
這位是誰啊？

그분은 한 선생님입니다.
geu.bu.neun/han/so*n.se*ng.ni.mim.ni.da
那位是韓老師。

저분은 삼성전자의 부장님입니다.
jo*.bu.neun/sam.so*ng.jo*n.ja.ui/bu.jang.ni.mim.ni.da
那位是三星電子的部長。

그분도 한국 사람이에요?
geu.bun.do/han.guk/sa.ra.mi.e.yo
他也是韓國人嗎？

그분은 한국 사람이 아닙니다.
geu.bu.neun/han.guk/sa.ra.mi/a.nim.ni.da
他不是韓國人。

실례지만 혹시 김 여사님이십니까?
sil.lye.ji.man/hok.ssi/gim/yo*.sa.ni.mi.sim.ni.ga
不好意思，請問您是金女士嗎？

詢問事物

이것은 무엇입니까?
i.go*.seun/mu.o*.sim.ni.ga
這是什麼？

이것은 사전입니다.
i.go*.seun/sa.jo*.nim.ni.da
這是字典。

그건 뭐예요?
geu.go*n/mwo.ye.yo
那是什麼？

그건 카메라예요.
geu.go*n/ka.me.ra.ye.yo
那是相機。

저건 새야?
jo*.go*n/se*.ya
那個是鳥嗎？

저건 새가 아니야.
jo*.go*n/se*.ga/a.ni.ya
那個不是鳥。

學習外語

무슨 외국어를 공부하고 있어요?
mu.seun/we.gu.go*.reul/gong.bu.ha.go/i.sso*.yo
你在學什麼外國語？

무슨 외국어를 알아요?
mu.seun/we.gu.go*.reul/a.ra.yo
你會說什麼外國語呢？

중국어를 할 줄 아세요?
jung.gu.go*.reul/hal/jjul/a.se.yo
你會說中文嗎？

예, 조금 알아요.
ye//jo.geum/a.ra.yo
會說一點。

아니요, 할 줄 몰라요.
a.ni.yo//hal/jjul/mol.la.yo
不，我不會說。

한국어를 많이 가르쳐 주세요.
han.gu.go*.reul/ma.ni/ga.reu.cho*/ju.se.yo
請你多教我韓國語。

時間

지금은 몇 시입니까?
ji.geu.meun/myo*t/si.im.ni.ga
現在幾點？

지금 11시 30분입니다.
ji.geum/yo*l.han.si/sam.sip.bu.nim.ni.da
現在11點30分。

보통 몇 시에 출근해요?
bo.tong/myo*t/si.e/chul.geun.he*.yo
你一般幾點上班？

보통 아침 9시에 출근해요.
bo.tong/a.chim/a.hop.ssi.e/chul.geun.he*.yo
我一般早上9點上班。

어제 몇 시에 집에 들어갔어요?
o*.je/myo*t/si.e/ji.be/deu.ro*.ga.sso*.yo
你昨天幾點回家？

밤 8시쯤에 집에 들어갔어요.
bam/yo*.do*p.ssi.jjeu.me/ji.be/deu.ro*.ga.sso*.yo
晚上8點左右回家的。

星期

오늘은 무슨 요일입니까?

o.neu.reun/mu.seun/yo.i.rim.ni.ga
今天星期幾？

오늘은 월요일입니다.

o.neu.reun/wo.ryo.i.rim.ni.da
今天星期一。

내일은 무슨 요일이에요?

ne*.i.reun/mu.seun/yo.i.ri.e.yo
明天星期幾？

내일은 금요일이에요.

ne*.i.reun/geu.myo.i.ri.e.yo
明天星期五。

어제는 무슨 요일이었어?

o*.je.neun/mu.seun/yo.i.ri.o*.sso*
昨天星期幾？

어제는 화요일이었어.

o*.je.neun/hwa.yo.i.ri.o*.sso*
昨天星期二。

日期

오늘은 며칠이에요?

o.neu.reun/myo*.chi.ri.e.yo

今天幾月幾號？

오늘은 1월14일이에요.

o.neu.reun/i.rwol/sip.ssa.i.ri.e.yo

今天是1月14號。

언제 대만에 왔어요?

o*n.je/de*.ma.ne/wa.sso*.yo

你什麼時候來台灣的？

올해 7월 4일에 왔어요.

ol.he*/chi.rwol/sa.i.re/wa.sso*.yo

我今年7月4號來台灣的。

생일이 언제예요?

se*ng.i.ri/o*n.je.ye.yo

你生日是什麼時候？

생일은 8월 25일이에요.

se*ng.i.reun/pa.rwol/i.si.bo.i.ri.e.yo

我生日是8月25號。

表達滿意

마음에 드십니까?
ma.eu.me/deu.sim.ni.ga
您滿意嗎？

마음에 듭니다.
ma.eu.me/deum.ni.da
我很滿意。

마음에 안 들어요.
ma.eu.me/an/deu.ro*.yo
我不滿意。

이런 것을 좋아하세요?
i.ro*n/go*.seul/jjo.a.ha.se.yo
這種你喜歡嗎？

별로 좋아하지 않아요.
byo*l.lo/jo.a.ha.ji/a.na.yo
我不怎麼喜歡。

그런 것들을 제일 싫어합니다.
geu.ro*n/go*t.deu.reul/jje.il/si.ro*.ham.ni.da
那些東西我最討厭。

徵求許可

담배 좀 피워도 됩니까?
dam.be*/jom/pi.wo.do/dwem.ni.ga
我可以吸煙嗎？

안에 들어갈 수 있어요?
a.ne/deu.ro*.gal/ssu/i.sso*.yo
我可以進去嗎？

이거 다 먹어도 돼?
i.go*/da/mo*.go*.do/dwe*
這個我可以都吃完嗎？

제가 안 가도 괜찮습니까?
je.ga/an/ga.do/gwe*n.chan.sseum.ni.ga
我可以不去嗎？

일 안 해도 좋아요?
il/an/he*.do/jo.a.yo
不做事也可以嗎？

나도 같이 갈 수 있어요?
na.do/ga.chi/gal/ssu/i.sso*.yo
我也可以一起去嗎。

指示

들어오세요.

deu.ro*.o.se.yo

請進！

앉으세요.

an.jeu.se.yo

請坐！

이쪽으로 오세요.

i.jjo.geu.ro/o.se.yo

這邊請！

여기서 줄을 서세요.

yo*.gi.so*/ju.reul/sso*.se.yo

請在這裡排隊。

저리 가 봐요.

jo*.ri/ga/bwa.yo

過去那裡。

가만 있어 봐요.

ga.man/i.sso*/bwa.yo

你不要動。

命令

조용하세요!

jo.yong.ha.se.yo
請安靜！

소리 좀 낮추세요.

so.ri/jom/nat.chu.se.yo
請降低音量。

빨리 돌려줘요.

bal.li/dol.lyo*.jwo.yo
快還給我。

지금 당장!

ji.geum/dang.jang
現在馬上！

가지 마.

ga.ji/ma
不要走！

빨리 하세요.

bal.li/ha.se.yo
快點做！

催促

빨리요!

bal.li.yo
快點!

좀 빨리 가 주세요.

jom/bal.li/ga/ju.se.yo
請你快點走。

얼른 출발하세요!

o*l.leun/chul.bal.ha.sse.yo
請趕快出發。

재촉하지 말아요.

je*.cho.ka.ji/ma.ra.yo
別催我了。

하나 골라 봐요. 얼른!

ha.na/gol.la/bwa.yo//o*l.leun
快挑一個吧！

빨리 나오세요.

bal.li/na.o.se.yo
快點出來。

解釋

그런 뜻이 아니에요.

geu.ro*n/deu.si/a.ni.e.yo
我不是這個意思。

비뚤어지게 생각하지 마세요.

bi.du.ro*.ji.ge/se*ng.ga.ka.ji/ma.se.yo
你別想歪了。

그런 일은 절대 없어요.

geu.ro*n/i.reun/jo*l.de*/o*p.sso*.yo
絕對沒有這種事。

오해하지 마세요.

o.he*.ha.ji/ma.se.yo
你別誤會。

저도 어쩔 수가 없었어요.

jo*.do/o*.jjo*l/su.ga/o*p.sso*.sso*.yo
我也是無可奈何。

아무 변명도 하지 마.

a.mu/byo*n.myo*ng.do/ha.ji/ma
你不要做任何解釋。

嘗試

한 번 해 보시지요.
han/bo*n/he*/bo.si.ji.yo
您試試看吧！

먹어봐요.
mo*.go*.bwa.yo
嚐嚐看。

제가 한 번 해 보겠습니다.
je.ga/han/bo*n/he*/bo.get.sseum.ni.da
我試試看。

이 옷을 입어봐도 될까요?
i/o.seul/i.bo*.bwa.do/dwel.ga.yo
我可以試穿這件衣服嗎？

거기에 가 봐요.
go*.gi.e/ga/bwa.yo
你去那看看吧。

이 차를 드셔 보세요.
i/cha.reul/deu.syo*/bo.se.yo
請喝看看這杯茶。

相信

절 믿으세요.
jo*l/mi.deu.se.yo
請相信我。

안 믿어요.
an/mi.do*.yo
我不相信。

오빠만 믿습니다.
o.ba.man/mit.sseum.ni.da
我只相信哥哥你。

그녀를 믿지 마세요.
geu.nyo*.reul/mit.jji/ma.se.yo
不要相信她。

아직도 못 믿는 거예요?
a.jik.do/mot/min.neun/go*.ye.yo
你還不相信嗎？

절대 믿을 수가 없어요.
jo*l.de*/mi.deul/ssu.ga/o*p.sso*.yo
我絕對不相信。

幫助

좀 도와 주세요.
jom/do.wa/ju.se.yo
請你幫幫忙。

뭐 좀 부탁 드려도 됩니까?
mwo/jom/bu.tak/deu.ryo*.do/dwem.ni.ga
可以拜託你一件事嗎？

이 일을 잘 부탁 드립니다.
i/i.reul/jjal/bu.tak/deu.rim.ni.da
這事就麻煩您了。

도와 드릴까요?
do.wa/deu.ril.ga.yo
要我幫忙嗎？

그 일을 저한테 맡기세요.
geu/i.reul/jjo*.han.te/mat.gi.se.yo
那件事包在我的身上。

정말 감사합니다. 많은 도움이 되었어요.
jo*ng.mal/gam.sa.ham.ni.da//ma.neun/do.u.mi/dwe.o*.sso*.yo
真的謝謝你，幫了大忙。

稱讚

정말 예뻐요.

jo*ng.mal/ye.bo*.yo

真漂亮！

정말 대단해요.

jo*ng.mal/de*.dan.he*.yo

真了不起！

잘 생겼네요.

jal/sse*ng.gyo*n.ne.yo

長得不錯耶！

참 젊어 보이시는군요.

cham/jo*l.mo*/bo.i.si.neun.gu.nyo

您看起來很年輕。

사진을 잘 찍었군요.

sa.ji.neul/jjal/jji.go*t.gu.nyo

照片拍得不錯耶！

정말 눈썰미가 있네요.

jo*ng.mal/nun.sso*l.mi.ga/in.ne.yo

真有眼光呢！

羨慕

정말 부러워요.

jo*ng.mal/bu.ro*.wo.yo

真羨慕。

남을 부러워하지 마세요.

na.meul/bu.ro*.wo.ha.ji/ma.se.yo

不要羨慕別人。

전 부러운 게 없어요.

jo*n/bu.ro*.un/ge/o*p.sso*.yo

我沒有羨慕的事。

친구 중에 저를 부러워하는 사람이 좀 있어요.

chin.gu/jung.e/jo*.reul/bu.ro*.wo.ha.neun/sa.ra.mi/jom/i.sso*.yo

朋友之中，有羨慕我的人。

저 사람들이 부러웠어요.

jo*/sa.ram.deu.ri/bu.ro*.wo.sso*.yo

我羨慕那些人。

부러우면 지는 거야.

bu.ro*.u.myo*n/ji.neun/go*.yo

羨慕就輸了。

忘記

절대로 잊지 마세요.

jo*l.de*.ro/it.jji/ma.se.yo
千萬別忘了。

잊을 뻔했어요.

i.jeul/bo*n.he*.sso*.yo
差點忘記了。

까먹었어요.

ga.mo*.go*.sso*.yo
我忘記了。

기억이 생생해요.

gi.o*.gi/se*ng.se*ng.he*.yo
我還記得很清楚。

생각났어요!

se*ng.gang.na.sso*.yo
我想起來了。

다 잊으셨어요?

da/i.jeu.syo*.sso*.yo
您都忘記了嗎？

丟臉

쪽 팔려요.

jjok/pal.lyo*.yo

丟臉死了。

사람들 앞에서 망신 당했어요.

sa.ram.deul/a.pe.so*/mang.sin/dang.he*.sso*.yo

當眾出醜了。

너무 창피해요.

no*.mu/chang.pi.he*.yo

很丟人。

너무 부끄러워요.

no*.mu/bu.geu.ro*.wo.yo

很丟臉。

넌 부끄러운 줄 알아야 해.

no*n/bu.geu.ro*.un/jul/a.ra.ya/he*

你要知道丟臉。

이번에도 지면 진짜 창피하잖아요.

i.bo*.ne.do/ji.myo*n/jin.jja/chang.pi.ha.ja.na.yo

如果這次也輸了，真的就丟臉了。

安慰

아무것도 아니에요.
a.mu.go*t.do/a.ni.e.yo
那沒什麼。

걱정하지 마세요.
go*k.jjo*ng.ha.ji/ma.se.yo
別擔心。

긴장하지 말아요.
gin.jang.ha.ji/ma.ra.yo
別緊張。

괜찮아요. 신경 쓰지 마요.
gwe*n.cha.na.yo//sin.gyo*ng/sseu.ji/ma.yo
沒關係，別操心。

걱정 마요. 틀림없을 거예요.
go*k.jjo*ng/ma.yo//teul.li.mo*p.sseul/go*.ye.yo
別擔心，不會有錯的。

오늘은 힘들어도 내일은 좀 더 나아질 거예요.
o.neu.reun/him.deu.ro*.do/ne*.i.reun/jom/do*/na.a.jil/go*.ye.yo
今天雖然辛苦，明天會更好一些的。

關心

무슨 일이 있어요?
mu.seun/i.ri/i.sso*.yo
有什麼事嗎？

다친 데 없죠?
da.chin/de/o*p.jjyo
沒有受傷吧？

너무 무리하지 마요.
no*.mu/mu.ri.ha.ji/ma.yo
不要太勉強自己喔！

왜 그래요?
we*/geu.re*.yo
怎麼回事？

도대체 웬일이에요?
do.de*.che/we.ni.ri.e.yo
到底是什麼事啊？

도대체 어떻게 된 거예요?
do.de*.che/o*.do*.ke/dwen/go*.ye.yo
到底是怎麼回事呢？

建議

좀 참으세요.
jom/cha.meu.se.yo
你再忍忍吧。

기회를 놓치지 마세요.
gi.hwe.reul/not.chi.ji/ma.se.yo
別錯失機會。

회사에 돌아가야 하지 않겠어요?
hwe.sa.e/do.ra.ga.ya/ha.ji/an.ke.sso*.yo
我們是不是該回公司了？

지금 바로 시작하는 게 어때요?
ji.geum/ba.ro/si.ja.ka.neun/ge/o*.de*.yo
我們現在馬上開始如何？

오늘은 여기까지 할까요?
o.neu.reun/yo*.gi.ga.ji/hal.ga.yo
今天就到這裡好嗎？

지금 출발할까요?
ji.geum/chul.bal.hal.ga.yo
現在出發好嗎？

鼓勵

화이팅!
hwa.i.ting
加油！

겁 먹지 마요.
go*p/mo*k.jji/ma.yo
別害怕。

낙심하지 말아요.
nak.ssim.ha.ji/ma.ra.yo
別灰心。

자, 힘 내요.
ja//him/ne*.yo
來，加油吧！

기운 내요!
gi.un/ne*.yo
打起精神！

꼭 이겨낼 거예요.
gok/i.gyo*.ne*l/go*.ye.yo
你一定會克服的。

同情

너무 불쌍해요.

no*.mu/bul.ssang.he*.yo

太可憐了。

너무 비참해요.

no*.mu/bi.cham.he*.yo

太悲慘了。

정말 아쉬워요.

jo*ng.mal/a.swi.wo.yo

真遺憾！

어머, 가여워라!

o*.mo*//ga.yo*.wo.ra

天啊！好可憐！

이 영화가 너무 슬퍼요.

i/yo*ng.hwa.ga/no*.mu/seul.po*.yo

這部電影很可憐。

부모님을 잃은 그 아이가 참 불쌍해요.

bu.mo.ni.meul/i.reun/geu/a.i.ga/cham/bul.ssang.he*.yo

失去雙親的那孩子真可憐。

希望、祝福

한국 요리를 먹고 싶어요.
han.guk/yo.ri.reul/mo*k.go/si.po*.yo
我想吃韓國菜。

학교에 가고 싶지 않아요.
hak.gyo.e/ga.go/sip.jji/a.na.yo
我不想去學校。

나도 좋은 대학에 들어갔으면 해요.
na.do/jo.eun/de*.ha.ge/deu.ro*.ga.sseu.myo*n/he*.yo
希望我也能進好大學。

다시 그녀를 만나고 싶다.
da.si/geu.nyo*.reul/man.na.go/sip.da
我想再見她。

행복하길 바래요.
he*ng.bo.ka.gil/ba.re*.yo
祝你幸福。

모두 건강하기를 바랍니다.
mo.du/go*n.gang.ha.gi.reul/ba.ram.ni.da
祝大家健康。

開玩笑

농담이야.
nong.da.mi.ya
開玩笑的。

이건 농담이 아니에요.
i.go*n/nong.da.mi/a.ni.e.yo
這不是開玩笑。

농담하지 마.
nong.dam.ha.ji/ma
別開玩笑。

농담이죠?
nong.da.mi.jyo
你開玩笑的吧？

지금 농담할 때가 아니야.
ji.geum/nong.dam.hal/de*.ga/a.ni.ya
現在不是開玩笑的時候。

지금이 웃을 때냐?
ji.geu.mi/u.seul/de*.nya
現在是笑的時候嗎？

考慮

좀 더 생각해 볼게요.
jom/do*/se*ng.ga.ke*/bol.ge.yo
我再考慮一下。

아직 생각 중이에요.
a.jik/se*ng.gak/jung.i.e.yo
我還在考慮。

잘 생각해 보세요.
jal/sse*ng.ga.ke*/bo.se.yo
請你好好考慮一下。

생각 좀 해보고 올게요.
se*ng.gak/jom/he*.bo.go/ol.ge.yo
我考慮看看再過來。

한 번만 더 생각해 주실 수 없을까요?
han/bo*n.man/do*/se*ng.ga.ke*/ju.sil/su/o*p.sseul.ga.yo
您不能再考慮一下嗎？

한 번더 생각해 보고 나서 제게 알려 주세요.
han/bo*n.do*/se*ng.ga.ke*/bo.go/na.so*/je.ge/al.lyo*/ju.se.yo
您再考慮看看，再跟我說。

聊天

내일 얘기하면 안 될까요?
ne*.il/ye*.gi.ha.myo*n/an/dwel.ga.yo
我們明天再說好嗎？

나랑 얘기 좀 합시다.
na.rang/ye*.gi/jom/hap.ssi.da
跟我聊聊吧。

이따가 얘기합시다.
i.da.ga/ye*.gi.hap.ssi.da
我們待會再聊吧。

다음에 만나서 얘기하자.
da.eu.me/man.na.so*/ye*.gi.ha.ja
我們下次見面再聊吧。

나중에 얘기해요.
na.jung.e/ye*.gi.he*.yo
我們以後再聊吧。

방금 어디까지 얘기했어요?
bang.geum/o*.di.ga.ji/ye*.gi.he*.sso*.yo
我們剛才聊到哪裡了？

聽不見

뭐라고요? 다시 말해 줘요.
mwo.ra.go.yo//da.si/mal.he*/jwo.yo
你說什麼？再說一遍。

잘 안 들려요.
jal/an/deul.lyo*.yo
我聽不太清楚。

잘 안 들리세요?
jal/an/deul.li.se.yo
您聽不太清楚嗎？

내 말을 듣고 있어요?
ne*/ma.reul/deut.go/i.sso*.yo
你有在聽我說話嗎？

소리가 너무 작아서 거의 안 들려요.
so.ri.ga/no*.mu/ja.ga.so*/go*.ui/an/deul.lyo*.yo
聲音太小了，幾乎聽不見。

큰 소리로 얘기해 주세요.
keun/so.ri.ro/ye*.gi.he*/ju.se.yo
請您大聲一點說。

聽不懂

못 알아들어요.
mot/a.ra.deu.ro*.yo
我聽不懂。

이해 안 돼요.
i.he*/an/dwe*.yo
我無法理解。

좀 천천히 말씀해 주세요.
jom/cho*n.cho*n.hi/mal.sseum.he*/ju.se.yo
請您慢慢說。

다시 한 번 말씀해 주세요.
da.si/han/bo*n/mal.sseum.he*/ju.se.yo
請你再說一遍。

영어로 말씀해 주세요.
yo*ng.o*.ro/mal.sseum.he*/ju.se.yo
請你用英文說。

내 말을 알아들었어요?
ne*/ma.reul/a.ra.deu.ro*.sso*.yo
你聽懂我的話了嗎？

表達想法

제 생각엔...

je/se*ng.ga.gen
我覺得⋯。

나도 그렇게 생각해요.

na.do/geu.ro*.ke/se*ng.ga.ke*.yo
我也是那麼認為的。

저는 이렇게 생각하지 않는데요.

jo*.neun/i.ro*.ke/se*ng.ga.ka.ji/an.neun.de.yo
我不這麼認為。

틀림 없어요.

teul.lim/o*p.sso*.yo
沒錯。

찬성이에요.

chan.so*ng.i.e.yo
我贊成。

전 반대예요.

jo*n/ban.de*.ye.yo
我反對。

後悔

난 후회 안 해요.
nan/hu.hwe/an/he*.yo
我不後悔。

너무 후회되요.
no*.mu/hu.hwe.dwe.yo
我很後悔。

이 기회를 놓치면 후회해요.
i/gi.hwe.reul/not.chi.myo*n/hu.hwe.he*.yo
錯過這個機會，你會後悔。

이렇게 될 줄은 미처 몰랐어요.
i.ro*.ke/dwel/ju.reun/mi.cho*/mol.la.sso*.yo
我沒想到事情會變這樣。

얼마나 후회했는지 모릅니다.
o*l.ma.na/hu.hwe.he*n.neun.ji/mo.reum.ni.da
我不知道有多後悔。

후회할 거예요.
hu.hwe.hal/go*.ye.yo
你會後悔的。

拒絶

안 돼요!

an/dwe*.yo
不行！

꿈도 꾸지 마요.

gum.do/gu.ji/ma.yo
你休想！

어림도 없어요.

o*.rim.do/o*p.sso*.yo
沒門！／別想！

됐어요.

dwe*.sso*.yo
算了！不用了。

싫습니다.

sil.sseum.ni.da
不要！

난 그렇게 못해요.

nan/geu.ro*.ke/mo.te*.yo
我辦不到。

否認

저 아니에요.

jo*/a.ni.e.yo
不是我。

나는 몰라요.

na.neun/mol.la.yo
我不知道。

그런 거 아닙니다.

geu.ro*n/go*/a.nim.ni.da
不是那樣的！

전 그런 말 안 했어요.

jo*n/geu.ro*n/mal/an/he*.sso*.yo
我沒說過那種話。

인정하고 싶지 않거든요.

in.jo*ng.ha.go/sip.jji/an.ko*.deu.nyo
我不想承認。

내가 한 짓이 아니에요. 다른 사람이 했어요.

ne*.ga/han/ji.si/a.ni.e.yo//da.reun/sa.ra.mi/he*.sso*.yo
不是我做的，是別人做的。

回應

그래요?

geu.re*.yo
是嗎？

알겠어요.

al.ge.sso*.yo
知道了。

정말인가요?

jo*ng.ma.rin.ga.yo
真的嗎？

그렇군요.

geu.ro*.ku.nyo
原來如此！

마음대로 해요.

ma.eum.de*.ro/he*.yo
隨便你。

당연하지요.

dang.yo*n.ha.ji.yo
當然囉！

答應

좋습니다.

jo.sseum.ni.da
好。／可以。

문제 없어요.

mun.je/o*p.sso*.yo
沒有問題。

물론입니다.

mul.lo.nim.ni.da
當然可以。

그래도 돼요.

geu.re*.do/dwe*.yo
那樣也行。

알았어요.

a.ra.sso*.yo
我知道了。

네, 괜찮아요.

ne//gwe*n.cha.na.yo
好的，可以。

生氣

입 다물어!

ip/da.mu.ro*

閉嘴!

열 받아요.

yo*l/ba.da.yo

上火。

꺼져 버려!

go*.jo*/bo*.ryo*

滾開！

너무 화가 나요.

no*.mu/hwa.ga/na.yo

太生氣了。

더 이상 참을 수 없어요.

do*/i.sang/cha.meul/ssu/o*p.sso*.yo

忍無可忍。

나를 건드리지 마.

na.reul/go*n.deu.ri.ji/ma

不要招惹我。

責罵

말대꾸 하지 마세요.
mal.de*.gu/ha.ji/ma.se.yo
別頂嘴！

시치미 떼지 말아요.
si.chi.mi/de.ji/ma.ra.yo
別裝蒜！

헛소리 하지 마!
ho*t.sso.ri/ha.ji/ma
別胡說！

나를 속이지 말아요.
na.reul/sso.gi.ji/ma.ra.yo
別騙我！

거짓말 하지 마.
go*.jin.mal/ha.ji/ma
別說謊！

이게 무슨 소리예요?
i.ge/mu.seun/so.ri.ye.yo
你這是什麼話？

不滿

알면서 왜 물어요?
al.myo*n.sso*/we*/mu.ro*.yo
你幹嘛明知故問？

정말 말도 안 돼요.
jo*ng.mal/mal.do/an/dwe*.yo
真不像話。

왜 이제야 왔어요?
we*/i.je.ya/wa.sso*.yo
你為什麼現在才來？

정말 너무해요.
jo*ng.mal/no*.mu.he*.yo
你太過分了。

나를 괴롭히지 마.
na.reul/gwe.ro.pi.ji/ma
不要欺負我。

잔소리 좀 하지 마요.
jan.so.ri/jom/ha.ji/ma.yo
你不要碎碎念。

干涉

상관하지 말아요.
sang.gwan.ha.ji/ma.ra.yo
你別管。

네가 상관할 일이 아니야.
ne.ga/sang.gwan.hal/i.ri/a.ni.ya
這件事與你無關。

쓸데없이 남의 일에 참견하지 마세요.
sseul.de.o*p.ssi/na.mui/i.re/cham.gyo*n.ha.ji/ma.se.yo
請你少管閒事。

끼어들지 마세요.
gi.o*.deul.jji/ma.se.yo
請勿插手。

넌 간섭할 권리가 없어.
no*n/gan.so*.pal/gwol.li.ga/o*p.sso*
你沒有權力干涉。

우리는 서로 간섭하지 않는다.
u.ri.neun/so*.ro/gan.so*.pa.ji/an.neun.da
我們彼此不干涉。

吵架

너 죽을래?
no*/ju.geul.le*
你找死啊？

싸울래요?
ssa.ul.le*.yo
你想打架嗎？

두고 보자.
du.go/bo.ja
我們走著瞧！

누가 무서워할 줄 알고.
nu.ga/mu.so*.wo.hal/jjul/al.go
誰怕誰呀！

너 날 무시해?
no*/nal/mu.si.he*
你瞧不起我嗎？

닥쳐!
dak.cho*
閉嘴！

糟糕、完蛋

끝났어요.
geun.na.sso*.yo
結束了。／完蛋了。

큰일 났어요!
keu.nil/na.sso*.yo
糟糕了！

어떡하지요?
o*.do*.ka.ji.yo
怎麼辦？

걱정이 태산이네요.
go*k.jjo*ng.i/te*.sa.ni.ne.yo
要煩惱的事很多。

일 다 망쳤어요.
il/da/mang.cho*.sso*.yo
事情都毀了。

어떻게 하면 좋을지 모르겠어요.
o*.do*.ke/ha.myo*n/jo.eul.jji/mo.reu.ge.sso*.yo
我不知道該怎麼辦。

傷心難過

울지 마요.
ul.ji/ma.yo
別哭。

많이 울었어요.
ma.ni/u.ro*.sso*.yo
大哭了一場。

요즘엔 눈물이 자꾸 나와요.
yo.jeu.men/nun.mu.ri/ja.gu/na.wa.yo
最近常哭。

그녀가 계속 울고 있어요.
geu.nyo*.ga/gye.sok/ul.go/i.sso*.yo
她一直在哭。

마음이 아파서 눈물이 나요.
ma.eu.mi/a.pa.so*/nun.mu.ri/na.yo
心痛流淚。

슬퍼하지 마세요.
seul.po*.ha.ji/ma.se.yo
不要傷心了。

抱怨

더워 죽겠어요.
do*.wo/juk.ge.sso*.yo
熱死了！

추워 죽겠어요.
chu.wo/juk.ge.sso*.yo
冷死了！

심심해 죽겠어요.
sim.sim.he*/juk.ge.sso*.yo
無聊死了！

정말 따분해요.
jo*ng.mal/da.bun.he*.yo
真無聊耶！

불공평해요.
bul.gong.pyo*ng.he*.yo
不公平！

정말 공부하기 싫어요.
jo*ng.mal/gong.bu.ha.gi/si.ro*.yo
真的不想念書。

失望

헛수고 했어요.

ho*t.ssu.go/he*.sso*.yo

白忙了一場。

완전히 엉망이 되었어요.

wan.jo*n.hi/o*ng.mang.i/dwe.o*.sso*.yo

糟透了！

정말 재수 없어요.

jo*ng.mal/jje*.su/o*p.sso*.yo

真倒楣。

솔직히 너무 실망했어요.

sol.jji.ki/no*.mu/sil.mang.he*.sso*.yo

老實說我很失望。

나한테 실망해도 상관없어요.

na.han.te/sil.mang.he*.do/sang.gwa.no*p.sso*.yo

你對我失望也沒關係。

너무 실망하지 마.

no*.mu/sil.mang.ha.ji/ma

不要太失望。

放棄

그만 둬요.
geu.man/dwo.yo
算了吧！

우리 포기하자.
u.ri/po.gi.ha.ja
我們放棄吧！

포기하지 마세요.
po.gi.ha.ji/ma.se.yo
請別放棄。

쉽게 포기하지 마세요.
swip.ge/po.gi.ha.ji/ma.se.yo
不要輕易放棄。

포기하면 안 됩니다.
po.gi.ha.myo*n/an/dwem.ni.da
不可以放棄。

포기하지 말고 끝까지 도전해 봐요.
po.gi.ha.ji/mal.go/geut.ga.ji/do.jo*n.he*/bwa.yo
不要放棄，奮鬥到最後吧。

驚訝

세상에!
se.sang.e
天啊！

어머나!
o*.mo*.na
哎呀！

맙소사!
map.sso.sa
我的天啊！

꿈에도 생각 못했어요.
gu.me.do/se*ng.gak/mo.te*.sso*.yo
我做夢也沒想到。

믿어지지 않는데요.
mi.do*.ji.ji/an.neun.de.yo
不敢相信！

진짜 충격이야!
jin.jja/chung.gyo*.gi.ya
真的嚇到我了！

壞心情

우울해요.
u.ul.he*.yo
很憂鬱。

정말 짜증나요!
jo*ng.mal/jja.jeung.na.yo
真煩！

떠들지 말아요!
do*.deul.jji/ma.ra.yo
別吵了！

지겨워 죽겠어요.
ji.gyo*.wo/juk.ge.sso*.yo
煩死了！

난 싫증이 났어요.
nan/sil.cheung.i/na.sso*.yo
我厭煩了。

난 그만 두지 않을래요.
nan/geu.man/du.ji/a.neul.le*.yo
我跟他沒完。

國家圖書館出版品預行編目資料

連韓國人都按讚的生活韓語會話 / 雅典韓研所企編.
-- 初版. -- 新北市 : 雅典文化, 民103.05
面 ; 公分. -- (全民學韓語 ; 18)
ISBN 978-986-5753-09-2(平裝附光碟片)
1.韓語 2.會話
803.288 103004841

全民學韓語系列 18

連韓國人都按讚的生活韓語會話

編著／雅典韓研所
責編／呂欣穎
美術編輯／林家維
封面設計／劉逸芹

法律顧問：方圓法律事務所／涂成樞律師

總經銷：永續圖書有限公司
永續圖書線上購物網
www.foreverbooks.com.tw

CVS代理／美璟文化有限公司
TEL：(02) 2723-9968
FAX：(02) 2723-9668

出版日／2014年05月

雅典文化

出版社
22103 新北市汐止區大同路三段194號9樓之1
TEL (02) 8647-3663
FAX (02) 8647-3660

連韓國人都按讚的生活韓語會話

您可以使用以下方式將回函寄回。

您的回覆，是我們進步的最大動力，謝謝。

① 使用本公司準備的免郵回函寄回。

② 傳真電話：（02）8647-3660

③ 掃描圖檔寄到電子信箱：

yungjiuh@ms45.hinet.net

沿此線對折後寄回，謝謝。

221-03

雅典文化事業有限公司　收

新北市汐止區大同路三段194號9樓之1

雅致風靡　典藏文化